마마마, 부산

마마마, 부산

배길남 지음

소설가 길남씨의
부산이야기 2

목차

마, 거가 거가?

마! 고마 치아라

3부

마… 함 댕기보입시더

4부

부산에 가면

부산을 탱기보시기에 앞서

이제부터 소설가 길남 씨는 여러분과 함께 또 한 번의 부산 여행을 시작하려 한다.

길남 씨는 감회가 새롭다. 5년 전 로컬에세이『소설가 길남 씨의 부산 이야기 – 하하하 부산』(이하 하하하 부산)을 낸 때가 어제 같은데, 돌아다닌 부산 이야기가 또 그득 쌓여서 이렇게 주절주절 떠들고 있다니….

길남 씨는 부산에서 태어나 부산에서 쭉 살았으며 부산에서 살아갈 소설가이다. 아무리 딴짓하고 방랑한다 해도 결국 부산에 대한 창작이 기본 베이스인 운명은 어쩔 수 없다. 그렇다고 "난 무조건 부산 이야기만 쓰는 기야!"라며 소재와 주제의 자유를 버릴 길남 씨도 아니다. 12년간 이루어졌던 장편소설『두모포왜관 수사록』의 취재로 부산의 역사와 지리를 더 많이 알게 됐고, 이왕 이렇게 된 김에 조금 더 열심히 덤벼보자고 시작한 작업이 '소설가 길남 씨의 부산 이야기'이다.

일이관지(一以貫之). 한 이치로 모든 것을 꿰뚫는다고 하지 않던가!

"내싸 마, 세상 전체를 소화하는 그릇은 못 되는 기라. 그래도 내 태어나고 살아가는 부산만큼은 어떻게 안 되겠나?"

덕분에 길남 씨는 여러 동기를 지니고 부산을 돌아다닐 수 있었다. 잠시 걷는 길이라도, 일상에서 버스를 탈지라도, 심지어 경조사에 가는 길이라도 길남 씨에겐 취재 겸 탐방이 일석이조로 이루어졌다. 그렇게 소설가 길남 씨의 부산 탐방이 하루하루 쌓여갔던 것이다. 그 옛날 소설가 구보 씨가 외부인으로서 경성을 산책하고 관찰하던 하루와는 전혀 다른 방식으로.

첫 번째 이야기가 '하하하'로 시작했다면 5년 후 새로운 이야기는 '마마마'로 시작한다. 사직야구장에서 상대 투수에게 호통치는 '마!'를 떠올리셔도 좋다. 하지만 부산의 '마'는 다방면으로 활용된다. 위에서 벌써 써먹었듯 무언가 시도하다 잠시 마음을 내려놓는 '내싸 마'가 있고, 머뭇거리는 마음을 붙잡고 한 단계 더 나아가려는 '쌔리 마'가 있으며, 대충 눙치고 얼버무리는 '고마 마'도 있다. 이외에도 시비 걸듯 부르는 '마', 어떤 상황을 가정하는 IF 정도의 의미로서 '확 그냥 마마' 등, '마'의 활용은 무궁무진하다. 소설가 길남 씨는 이중 '쌔리 마'를 가장 좋아한다. 그 유명한 결단의 선언 "마, 함 해보입시더!"의 '마'가 바로 그 '쌔리 마'가 아니었던가!(이 부분에서 누군가 생각나 소설가의 가슴이 울컥했다는 후문이다.)

다양한 활용의 '마'를 한 번도 아닌 세 번 쓴 이유는 간단하다. 길남 씨는 이번 이야기에 결코 웃을 수 없는, 외치고 싶은, 그리고 가슴에 사무친 그런 지점을 담아보려 했다. 떠나는 도시, 소멸하는 도시, 사라지는 도시…. 대체 언제부터 부산이 요모냥 요 꼴이 됐을까? '마, 마!, 마…'는 그렇게 각자의 의미로 부산을 소환하는 주문이다.

아아, 마이크 테스트. 그란데 이야기 시작부터 너무 심각한 거 아입니꺼?
음…. 길남 씨는 잠시 반성한다.
마, 그라믄 분위기도 바꿀 겸, 부산 전체를 따악 한 번 살피보는 건 어떠십니꺼?
아예, 그라고 본론 들어가믄 되겠지예? 아예, 아예예.

부산은 천혜의 자연을 간직한 곳이다. 산, 들, 바다, 강을 모두 간직한 인구 350만의 도시는 전 세계를 찾아보더라도 그리 흔치 않다. 이런 부산의 자연환경은 수많은 볼거리를 선사한다. 일단 경승지만 살펴볼까? 태종대, 해운대, 이기대, 몰운대, 신선대, 황학대, 자성대, 오륜대 등 '대'자로 라임을 붙여 찾아봐도 대략 18군데가 넘는다(이왕 시작한 김에 다 거론하자면, 시랑대, 소학대, 적선대, 용두대, 의상대, 겸효대, 강선대, 삼성대, 동·서장대, 오랑대. 헉헉!). 그런가 하면 금정산, 황령산, 금련산, 백양산, 승학산, 봉래산, 장산 등 멋진 산이 우거진 수풀과 절경을 자랑한다.

"그란데 부산에 산이 총 몇 개나 되겠노?"

갑자기 궁금해져서 길남 씨가 묻자 엉뚱한 답이 튀어나온다.

"산이 하도 많아서 부산에는 터널만 40개다 아이가?"

이거 재밌다. 터널이 40개란 사실도 놀랍지만, 길이 산으로 막히면 터널을 뚫으니 산이 최소 40개는 넘는다는 답이다.

산뿐이겠는가? 낙동강, 수영강, 동천, 남천, 온천천, 학장천, 송정천 등등 강은 또 어떠한가? (강과 개천이 너무 많아 이건 정말 생략한다.)

들판은 말해 뭐하겠는가? 광활한 김해평야를 비롯해 강과 맞닿은 곳곳에 펼쳐진 게 다 들판인데. 아차, 섬이 빠졌다. 가덕도, 영도, 동백섬, 을숙도, 오륙도, 남형제도, 눌차도… 등등 섬마저 그득한 도시 부산! 이쯤 되면 세 가지를 안은 고장이라는 삼포지향(三抱之鄕)이란 말도 부산을 수식하기에 부족해 보일 정도다.

그런데 이상하다! 타지 사람은 그렇다 치고 부산사람에게 부산을 물어보면 뭐 그렇게 잘 아는 게 없다. 아니, 정확히 말하면 관심이 별로 없다. 얼마나 살기 바쁘면 내 주위도 잘 돌아보지 않는다. 맨날 댕기는 버스 노선, 지하철 노선만 좔좔 외울 뿐 바로 옆 동네는커녕 자기 사는 동네에 뭐가 있고, 어떤 역사가 있었는지 따위는 신경 쓰지 않는다. 외부 관광객이 어디가 좋냐 물어오면 해운대, 광안리, 자갈치, 남포동, 서면까지가 끝이다(이나마도 잘 아는 편이다). 이 정도 답하고 나면 더듬거리기 시작하는 게 부산사람의 특징이다. 자기 사는 데에는 영 관심이 젬병인 부산사람의 특징을 따지자면 한 가지 더 추가할 게 있다. 뭔가 잃고 나서 한참 후에야 그게 얼마나 소중한지 안다는 점이다. 부산이 지켜주지 못했던 불세출의 야구 영웅 최동원처럼…. (길남 씨는 또 울컥해서 잠시 키보드를 치지 못하고 있다.)

저 산복도로를 보라. 세계 어느 곳보다 뛰어난 저 절경과 저 사람들과 저 골목과 저 집들은 서서히 사라져가고 있다. 산복도로에서 내려다보던 부산항의 엄청난 풍경은 이제 고층아파트에 가려져 점점 사라져간다. 풍경을 잃은 산복도로의 부산사람은 이제 어디를 바라보며 희망을 품어야 할까?

갑자기 또 분위기 어두워지는데요? 이거 어쩔 거야, 소설가 양반?

우짜기는 뭐 우째요? 기냥 가는 기지.

독자 여러분, 인자부터 마, 길남 씨하고 부산을 새로 댕기 보시렵니까?

1부

마,
거가 거가?

부산진시장

진시장 여행에 앞서

부산진시장은 1913년 9월 132m²와 198m²짜리 2동의 함석 상가를 지어 매일 열리는 상설시장으로 거듭났다고 한다. 그 이후로 계속 성장했고, 1967년에 공영시장에서 민영시장으로 탈바꿈했다 카는데….

소설가 길남 씨는 글을 쓰다 말고 머리를 긁적거린다. 윗줄에 써 놓은 것처럼 이랬다더라, 저랬다더라 팩트 확인만 한다면 그냥 마, 인터넷 정보나 대충 보고 말지, 무슨 재미가 있냐 그 말이다. 그는 부산진성의 이름을 딴 이 역사 깊은 시장의 이야기를 신선하게 들려드리기 위해 여러 노력을 한 바 있다. 뜨거운 태양이 세상을 녹일 듯 열기를 쏘아대던 저 여름날부터, 선선한 바람이 불어오기 시작한 초가을의 비 오는 어느 날까지…. 그는 진시장 구석구석을 헤집고 다녔다. 생동감 넘치면서도 좀 더 재밌

게, 그러면서도 "아따, 부산에 국제시장이나 부전시장 말고도 요래 거시기한 시장이 있었구마잉!" 하는 감탄사가 나올 정도로 알찬 정보를 전달하려는 투철한! 작가정신에 입각한 몸부림이었다. 그래 쌔리 마… 투철하게!

독자 여러분은 진시장 말고도 의미 있는 부산 곳곳을 소설가 길남 씨와 함께 여행해 보실 예정이다. 그러면 우리 곁에 숨어있던 역사와 오늘, 그리고 내일의 이야기가 슬그머니 우리 곁으로 다가와 조잘조잘 수다를 떠는 걸 확인할 수 있을 것이다.

"너무나 친근해서, 너무나 가까워서 놓치고 있던 부산의 이야기들이 이제 여러분을 향해 달려갑니다!"

소설가의 노력이 헛되지 않도록 많은 성원을 부탁드리면서! 『마마마, 부산』의 가장 첫 이야기인 진시장 여행에 동참해 주시기를 바라는 바이다. 그리하야 저기 "아따, 있었구마잉!" 하는 남도말에 이렇게 찐한 부산 말로 대답하면 되는 것이다.

"뭐라카노? 친구야! 여기 진시장만 직이는 줄 아나? 내가 또 딴 데 소개해 주꾸마."

인자 마, 진짜로 부산진시장 고고!

소설가 길남 씨는 부산진시장을 하루에 한 번씩은 마주친다. 대연동에 사는 그는 서면 쪽이든 남포동 쪽이든 어딘가로 흘러갈 때 버스를 자주 탄다. 부산진성공원(구 자성대)을 지나는 사거리에서 그는 부산진시장 건물의 그 굉장한 위용을 매일 확인한다. 그런데 그 '매일'이 문제다. 하루하루가 쌓여 10년이고 30년이고 매일 확인하다 보니 그곳에 당연히 있어야 하는 시장으로 여길 뿐, 자세히 살필 일은 별로 없었던 것이다.

자, 그렇다면 확대경을 잡고 진시장을 자세히 들여다볼 차례다.

• 자성로에서 바라본 진시장

시장의 정면 도로 건너에는 낮은 산이 하나 보인다. 부산진성을 모성(母城)으로 삼는 자성대(子城臺)… 아니, 지금은 이름이 바뀐 부산진성공원이 자리하고 있는 곳이다. 시장 뒤쪽으로는 부산이란 이름의 유래가 됐다는 증산(甑山)이 버티고, 부산역에서부터 이어진 철도가 있다. 그 건너 찻길 중앙대로 건너에는 소설가 길남 씨의 모교 금성고등학교와 전통의 데레사여고가 있고, 지금은 사라졌지만 영화 <친구>에서 패싸움의 배경이 됐던 삼일극장, 삼성극장 터가 버티고 있다.

대충 이리저리 주변을 살펴보니 뭔지는 모르겠지만 깊은 역사의 냄새가 풍기는 곳임은 확실하다. 예상하셨겠지만 부산진시장은 임진왜란 최초의 전투가 벌어졌던 부산진성에서 그 이름을 따왔다. 심지어 진시장 건물 바로 곁의 남문시장은 진성 남문이란 뜻이다. 역사를 들추려 하니 벌써 하품하는 독자가 있을지 모르겠다. 그래서 길남 씨는 임진년의 먼 역사보다 아주 가까웠던 진시장 골목의 역사를 살펴보려 한다.

추억의 바나나와 지금의 골목들

길남 씨는 진시장에서 철도 쪽으로 이어지는 시장 거리에 많은 추억이 있다. 그는 어린 시절 선원이셨던 아버지와 함께 종종 진시장 주변의 수입품 가게에 가곤 했다. 그곳에서 아버지는 몰래 들여온 양주를 몇 병씩 꺼내놓았다. (만약 진시장에서의 암거래가 실패한다면 아버지는 미련 없이 국제시장이나 깡통시장으로 돌격하셨다.)
그런데 모종의 밀무역이 이뤄지던 그 시점… 국제 정세와는 전혀 상관없이 어린 길남이의 마음을 흔든 것은 따로 있었다.

그것은 다름 아닌 바나나! 이건 또 무슨 쌍팔년도 이야기냐 하겠지만, 실제로 88년 서울 올림픽이 열리던 그때까지도 바나나는 귀한 수입 과일로 모셔졌다. 지금의 망고나 체리보다 더 위엄있던 노란색 과일의 제왕! 하여간 어린 길남이는 아버지의 성공적인 밀무역으로 바나나 하나를 보너스로 받곤 했다. 달큼하고 향긋하며 끈적끈적한 저 황금색의 과육이여…. 아직도 진시장과 조방 거리를 잇는 철도 거리에는 수입 상가의 흔적이 남아 외국산 과자나 물품들이 진열돼 있다.

자, 이제 여러분은 진시장 상가건물 주변의 골목을 탐험해 보실 것이다. 철도 거리에서 시장건물을 옆에 끼고 난 골목들에는 길거리 커피, 오래된 칼국수집, 국밥집, 각종 자재상이 눈에 띈다. 세련된 느낌은 아니지만 활기가 전해진다. 그런 의미에서 여러분은 건물 곳곳에 난 출입구로 쑥 들어가실….

"아니 뭐라고? 시장 골목을 간다고 해놓고선 건물로 들어가긴 왜 들어가?"

독자 여러분이 이렇게 항의할지 모르겠지만 길남 씨는 무작정 건물 안으로 몸을 밀어붙이고 만다. 그는 대체 왜 이런 행동을 하는 것일까?

부산진시장을 잘 안다면 길남 씨의 행동을 잘 이해하실 것이다. 시장에 왔으면 시장의 맛을 봐야 할 터. 부산진시장 상가건

• 육교에서 내려본 진시장

"부산진시장 주변은 오래된 호떡 노점, 길거리 커피,
생선좌판, 수입상가, 각종 자재상 등이 펼쳐진
또다른 진시장이다."

물 속의 미로 같은 포목 상가와 각종 원단과 자재가 가득한 구석 구석을 다니다 보면 실외의 골목만이 골목이 아님을 실감할 수 있다. 특히 이 시장은 여성들이 사랑할 만한 패션 원자재가 넘쳐나는 곳으로 유명하다.

• 진시장 내부의 활발한 모습

길남 씨는 부산진시장 건물 1층의 화려한 혼수점과 포목점으로 들어갔다가 지하 1층으로 내려간다. 이불 가게가 끝도 없이 연결되다 칠기 등 그릇이 번쩍이더니, 어느새 커튼 가게가 나오고 혼수용품이 정신을 차릴 새 없이 등장한다. 미로와 같은 시장 건물은 어딜 가나 다른 품목의 상점들이 버티고 앉아 있다. 백화점과 마트와는 또 다른, 시장 건물의 매력이 듬뿍 느껴진다. 평소와 전혀 다른 쇼핑의 맛에 빠져보는 것도 실내 골목 탐험의 묘미일 것이다. 거기에다 지하 식당가에서 출출함을 달랜다면… 당신은 실내 골목 탐험의 고수!

하지만 아직까지 진시장 여행은 맛보기에 지나지 않는다. 그렇다. 맛보기는 가라! 이제부터 진짜 진시장 여행이 시작되는 것이었던 것이었던 것이었다.

부산진시장과 조선방직

자고로 좀 오래됐다는 시장은 그 위치를 살펴보면 그만의 특징과 역할을 판단할 수 있는 법! 그렇다면 일단 부산진시장의 위치부터 제대로 살펴보자.

부산진시장은 조선시대부터 그 위치상 왼쪽으로 이어지는 부둣가의 동구·중구를 포함하는 '부산포 구역'과 오른쪽의 부산진구·연제구·동래구를 포함하는 '동래읍성 구역'을 잇는 커다란 장터였다.

뭐라고? 이해가 잘 안 된다고? 그렇다면 더 쉽게 얘기해보자.

지금 당장 휴대폰을 들고 부산 지도를 검색하시면…. 마, 금방 아시겠지만 부산의 지형은 길쭉하다기보다 양쪽으로 납작하게 늘어진 형태를 지니고 있다. 여기서 주목할 포인트! 조선시대만 해도 왼쪽의 부산포와 오른쪽의 동래는 행정구역상 명확히 구분되는 곳이었다는 사실. 진심으로 드리는 말씀인데 부산의 역사는 이 부분만 알고 들어가도 절반은 먹고 들어간다. 소설가 길남 씨가 한참 부산을 공부하고 취재했던 10여 년 전의 일이다. 그는 정말 우연찮게 부산 향토 역사에 상당히 해박한 할

배 한 분을 만난 적이 있다. 재야의 고수였던 할배는 많은 것을 알려주셨는데, 그중 부산의 지형과 역사에 대한 정의가 아주 고약하지만 너무 명확해서…. 길남 씨는 그 명대사를 도저히 잊을 수가 없다. 오늘에서야 드디어 공개하는 이 발언에 딴지를 걸지 마시라. 소설가도 그 할배가 하늘로 솟았는지 저 멀리로 가셨는지 도통 알 수 없으니까….

할배 : 부산 지하철 1호선을 보면 대충 중간이 어데고?"

길라미 : 어어… 여기 이쯤이요?

할배 : 그래, 서면에서 부산진 정도까지 되제? 딱 잘라봐라. 그라믄 부산하고 동래하고 갈라지지. 원래 부산이 그런 데인기라.

길라미 : 중간이 뭐, 뭐가예?

할배 : 아따 마! 중간을 기준으로 오른쪽에 부산진, 남포, 다대포 쪽은 상놈들 동네! 왼쪽 여게 여게 동래하고 연산동 이짝은 양반 동네! 알았나?"

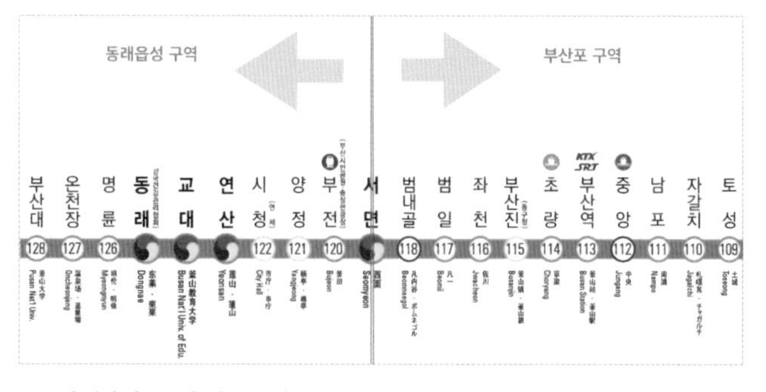

• 부산지하철 1호선 일부 구간

부산역사의 기초까지 다루느라 썰이 길어졌지만, 부산진시장은 그 할배의 말처럼 부산 전역을 놓고 볼 때, 딱 중간에서 살짝 오른쪽에 자리한 시장이다. 벌써 짐작하겠지만 중간 근처라는 게 무얼 말하겠는가? 시장의 위치로 놓고 봤을 때 진시장은 '마, 그냥 직이주는!' 장소가 분명한 것이다.

자, 이제 길남 씨는 조선시대를 살짝 뛰어넘어 일제강점기로 타임머신을 타려 한다. 여러분 서둘러 따라오시길. 급하게 시간여행을 떠나는 이유는 현재의 부산진시장을 설명하려면 일제강점기에 들어섰던 '조선방직'이란 공장을 빼놓을 수 없기 때문이다.

조선방직이란 일제강점기에 범1동 부근에 들어섰던 엄청나게 큰 방직공장을 일컫는 이름이다. 부산 제조업의 선구로 불리지만 조선인 노동력 착취를 위한 일본 회사라는 비판도 함께 존재한다. 그런데 이 공장이 얼마나 크고 영향력 있었는지 그 흔적이 지금도 남아있다. 사람들은 부산진시장 도로 건너편 부근을 아직도 '조방' 또는 '조방앞'이라고 부르지 않는가! 1969년에 조선방직이 공식 해산되었으니까, 벌써 50년이 훨씬 넘었는데도 말이다.

자, 이제 우리는 진시장의 규모가 공룡처럼 커졌던 이유를 유추할 수 있다. 처음에 밝힌 시장의 위치성에다 조선 최대 규모의 면직물 공장 조선방직마저 들어섰으니…. 진시장의 성장은 당연한 순리라 볼 수 있을 것이다. 그렇다면 부산진시장이 혼수·섬유·의류를 주로 다루는 포목점 전문 시장인 것도, 근처에 있는 평화시장과 자유시장이 의류·신발을 주력으로 다루는 이유도 이젠 쉽게 드러난다. 부산진시장은 그렇게 여러 가지 이유로 발전하고 성장해 왔다. 서울 동대문시장과 대구 서문시장에 비견될 정도로 부산진시장은 여전히 큰 영향을 가진 시장이다. 진성공원 부근을 비롯한 주변 상가가 온통 재봉틀·혼수·한복·승복 전문점으로 넘쳐나는 것을 살펴보면 부산진시장의 위상이 아직도 건재함을 확인할 수 있을 것이다.

남문시장과 철교

예전의 일이다. 진시장 부근 취재에 나섰던 길남 씨는 길 건너에서 시장 건물을 찍으려다 "어라?" 하고 살짝 놀랐다. 분명 진시장 건물인데 왼쪽 4분의 1가량 되는 곳에 '남문시장'이라는 뜻밖의 간판이 붙어 있었기 때문이다.

• 좌천동 철교에서 내려본 남문시장

남문시장…. 눈치 빠른 이는 벌써 짐작하겠지

만 역사를 따져보면 부산진성의 남문 위치에 자리한 시장이라 남문시장이다. 시장은 건물과 그 왼편 골목을 따라 이어지는데 길은 말 골목의 모습을 보여준다. 사실 진시장 골목 탐방의 핵심이라고 해도 과언이 아닐 터이다. 꾸불꾸불 통하는 골목은 마침내 중앙대로 밑 굴다리까지 뻗쳐서 이 부근 골목 여행지의 메카로 유명한 '매축지 마을'까지 연결이 된다. 일명 자성로 지하로 또는 굴다리 탐방.

일단 다시 돌아와서, 지금은 남문시장을 살필 때다. 길남 씨는 어린 시절, 이 부근에 사는 친구 호남이 집에 놀러 왔다가 남문시장을 수차례 들른 적 있다. 당시 호남이와 그 형인 덕남이 행님은 이렇게 말하곤 했다.

"여기 시장에 오면 장난감이 다른 데보다 몇백 원이나 싸데이."

그러고는 놀러 온 길남이의 용돈과 자신들의 용돈을 합쳐 신기뽕짝한 신제품을 사곤 했던 것이다. 길남 씨는 당시 함께 샀던 천 원짜리 야구게임이 아직도 기억난다(아줌마가 무려 200원을 할인해 주셨다!). 야구 스타디움 모양의 플라스틱 게임기로 작은 쇠구슬을 굴려 내리면 용수철이 장착된 야구 배트로 쳐서 안타 칸, 2루타 칸, 3루타 칸, 홈런 칸, 아웃 칸에 집어넣는 게임이었다.

실제 이곳은 문구 판매의 메카로서도 명성을 날린 곳이다. 인터넷 쇼핑몰에 밀려 그 위세를 많이 잃었지만, 지금도 '모닝글로리' 같은 간판을 걸어놓고 그 속은 문구 창고와 비슷한 가게가 제법 존재한다. 당연히 가격은 다른 곳보다 훨씬 저렴한 편이다.

시장 골목을 이리저리 살피며 직진으로 쭉 가다 보면 세월이 멈춘 듯한 풍경이 펼쳐질 것이다. 길남 씨는 이곳만의 쓸쓸한 풍경을 좋아해 종종 이 골목을 찾곤 한다. 이런 흥취는 시장과 좌천동 가구 골목을 잇는 철교에서 하이라이트를 이룬다. 특히 해 질녘에 이 철교를 찾는다면 이곳만이 가질 수 있는 풍경에 감탄을 금치 못할 것이다. 서면 방면으로 솟아있는 빌딩과 남쪽의 허치슨 부두 사이로 황량하게 펼쳐진 철도, 그리고 오십 년이 넘었을 오래된 건물들….

• 허치슨 부두 사이로 펼쳐진 철도

철교를 건너면 좌천동 가구거리와 일신기독병원, 정발 장군과 희생자들을 기리는 정공단, 금성고등학교 등이 나온다. 이 부근도 만만찮은 스토리텔링을 가진 동네이지만 일단 우리는 남문시장으로 다시 돌아오기로 한다.

화려했던 과거, 그리고 복원된 영가대

남문시장 부근을 얘기할 때 빠트릴 수 없는 곳이 있는데 그것은 바로 '영가대'이다. 부산 사람이라면 한 번쯤 들어봤을 '조선통신사'와 밀접한 관련이 있다. 역대 대일(對日) 사신들이 무사 항해를 기원하며 해신(海神)에게 제사를 지내던 해신제당(海神祭堂)의 역할을 하던 곳이 바로 영가대다. 조일 양국이 예산과 인력을 쏟아부을 정도로 진심과 최선을 다했었던 성신교린(誠信交隣) 조선통신사…. 영가대는 그 출발과 귀환의 상징적인 지점이다. 우리는 토요토미 히데요시의 침략 일본과 제국주의 일본의 만행과 폭력을 잊어서는 안 된다. 하지만 1607년 두모포왜관 설립, 1609년 맺은 기유약조(己酉約條), 1678년 초량왜관 신축, 그리고 조선통신사로 이어지는 300년간의 평화 또한 우리가 잊어서는 안 될 역사다. 그 평화로 인해 양국의 백성은 전쟁의 고통에서 벗어날 수 있었고, 그 평화의 가치가 돋보일수록 제국주의 일본의 조선 침략 명분이 헛된 거짓임이 증명되기 때문이다.

소설가 길남 씨는 문득 조선통신사의 상징과도 같았던 영가대에 대한 추억을 떠올린다. 그것은 『하하하 부산』이 발간됐던 2019년의 일이다.

당시 그는 진시장에서 매축지 마을로 통하는 굴다리를 찾아 나서다 우연히 영가대 터를 발견한 적이 있다. 이곳의 골목은 철로 변의 방음 바리케이드와 붙어 있어 독특한 모습을 보이는데, 다닥다닥 붙은 주택들 사이로 다른 곳보다 훨씬 좁은 골목이 등장한다. 그날 길남 씨는 이상한 예감으로 눈에 띄지 않는 영가대 표지판을 찾아 골목 사이를 헤매고 다녔었다. 한참 만에 표지판은 찾았지만, 그 주위에는 영가대를 기념할 만한 어떤 표식도 보이지 않았다. 다만 묘한 예감만 몽실몽실 부풀어 올라 그는 더욱 긴장하며 주위를 살폈다. 그때 수상한 기운의 철문 하나가 시선을 주목시켰다. 좁은 골목에 굳이 시멘트 계단을 내어 바리케이드를 뚫어놓은 초라한 철문이었다. 다가가 문을 여니, 경작하다 버려둔 채소밭과 제멋대로 자란 나무들, 그리고 연탄재와 쓰레기가 펼쳐진 공터가 나타났다. 주위를 살피던 소설가는 무언가를 확인하고는 눈을 깜빡이다 결국 한탄하듯 혼잣말을 뇌까리고 만다.

"아아, 진짜…. 이게 영가대라고?"

충격적이게도 그곳이 바로 영가대 터였고 영가대 기념비는 옛 영광을 힘겹게 이고는, 방치된 채 힘겹게 자리를 지키고 있었다. 당시 소설가는 대단히 슬픈 감정으로 그곳에 한참 서 있어야 했다. 서글픈 마음은 제법 커서 눈가가 시큰거릴 지경이었다.

부산이란 도시를 탐방하다 보면 수시로 등장하는 역사 무시의 광경이었지만, 그날의 충격은 감당하지 못할 정도로 큰 것이었다. 심지어 영가대였다. 이 도시의 가치와 존재 의미를 증명하는 문화재가 쓰레기 더미에서 호흡만 남아있는 셈이었다.

• 2019년 영가대 현장

그로부터 2년이 지난 후, 길남 씨는 영가대를 다시 찾았다. 놀랍게도 천지개벽의 상황이 다시 벌어져 있었다. 부산시 동구가 도시 재정비 사업을 통해 버려졌던 영가대 터를 보석으로 바꾸어 놓았던 것이다. 늦었지만 다행스러운 일이 아닐 수 없다. 2년간 쌓여있던 소설가의 분노도 눈 녹듯 사라졌다는 사실.

도시 재정비 사업은 훌륭했다. 먼저 '자성로 지하로'로 명명된 굴다리가 '사라진 부산의 도심 철길'이란 이름으로 스토리텔링되어 아기자기하게 꾸며졌고 역사 갤러리도 볼만한 구경거리이다. 특히 버려졌던 영가대 터는 쌈지공원으로 변신하여 도심 속의 쉼터로 기능하고 있다. 영가대 터는 자랑스러운 부산 역사의 현장이라는 아우라까지 더해 더욱 색다른 묘미를 선사한다. 영가대가 미니어처로 설치돼 깔끔하게 꾸며진 쌈지공원을 바라보던 길남 씨. 그는 쓰레기 공터를 떠올리며 상전벽해를 느

• 쌈지공원으로 탈바꿈한 영가대 본터, 2019년의 사진과 비교하면 영가대 미니어처 뒤쪽 나무가 같음을 확인할 수 있다.

낀다. 물론 버려졌든 꾸며졌든, 이런 곳이 있는지조차 모르는 사람들이 더 많은 게 부산의 현실이지만….

마, 그냥 넘어가입시더.

도심 속 도시숲

그렇다면 역사 속 화려했던 영가대의 장엄한 모습은 감상할 수 없는 것일까? 아니, 간단하게 볼 수 있다. 길 건너 부산진성 공원에 영가대의 웅장한 모습이 재현되어 있으니, 다음 코스로 꼭 가보는 것을 추천한다. 예전의 이름 자성대는 말 그대로 부산진성의 아들성이란 뜻이다. 길남 씨는 2019년의 취재 때 이곳을 30년 만에 찾은 적 있었다. 매일 버스로 지나치기만 했던 부산진성공원의 꼭대기 망루에 올라가 보니, 그 감회는 무척 색다른 것이었다.

길남 씨는 초등학교 4학년 때 대한민국 표절 애니메이션의 최고봉으로 평가받는 만화영화 <비디오 레인저 007>을 부산시민회관에서 직관한 적이 있었다. 정말 아무것도 모른 채 우리나라 애니메이션의 발전에 감탄하며 극장을 나온 어린 길남이. 녀석은 함께 온 친구들과 당시의 자성대 망루에 올라서 얼음물(얼음땡이라고도 한다)을 하며 놀았는데….

나이를 먹을 대로 먹은 길남 씨는 그때로부터 약 40년이 지났음을 깨닫고 몸을 부르르 떤다. 아, 옛날이여…. 어머나, 이 노래도 약 40년이 지났을걸? 하지만 희미한 기억 속에 발밑으로 펼쳐졌던 바다와 부두의 풍경은 아직도 그대로인 듯하다. 바다와 부두를 낀 부산만의 정취일는지도….

부산진성공원은 자동차가 다니는 차로로 둘러싸여 있지만, 골목이나 계단으로 3분만 안쪽으로 들어가면 시원하게 뻗은 나무의 숲이 펼쳐진다. 시끄러운 도시의 소음 대신, 새소리와 나뭇잎 부딪히는 소리가 어지러운 마음을 씻겨준다. 공원 안은 고즈넉하고 고풍스럽다. 명소는 멀리 있지 않고 우리 주변에 있다. 그런 곳이 바로 부산이다.

• 부산진성공원 진동문

"명소는 멀리 있지 않고 우리 주변에 있다.
그런 곳이 바로 부산이다."

증산공원과 정공단

부산의 성장과 부산 어촌설

"부산은 원래 사람도 많이 안 사는 어촌 아니었나?"

소설가 길남 씨가 부산역사를 취재할 때 가장 많이 들었던 말이다. 부산사람이라면 누구나 한 번쯤 들어봤음 직한 저 말은 대체 어디에서 왔을까?

사실 길남 씨는 저 말에 뿔따구가 난다. 부산사람 상당수가 부산 역사를 잘 모르는 것도 문제지만, 이런 불명확하고 잘못된 인식이 널리 깔린 게 더 큰 문제라는 생각이다. 현재 인천에게 제2의 도시를 도전받으면서 그 위상이 흔들리고 있지만, 그래도! 부산은 분명 대한민국 제2의 도시이다. 하지만 시계를 거꾸로 돌려 부산의 역사를 살펴보면 뭔가 헷갈린다. 들여다보면 볼수록 이 항구도시의 실체는 점점 불투명해져 결국 뭐가 뭔지 모르게 된다.

"제2의 도시는 6·25 터지고 사람들 많아지가, 그래 돼삔 기지."

심지어 다수의 부산사람마저 신봉하고 있는 이런 인식은 언론(특히 중앙이라 일컫는)에서 바라보는 부산 역사와 많은 부분 닮아있다. 말 그대로 부산 어촌설!

"부산은 한국전쟁 이전에는 변방의 소도시였습니다. 6·25 이후 피란민이 몰려오며 폭발적으로 인구가 늘어나 대도시로 성장했습니다."

한때 지식인들이 다발로 출연했던 한 예능 프로그램에서도 이러한 말이 나왔던 것으로 기억한다. 하지만 소설가 길남 씨는 분명 오류가 있는 정보라고 단언한다. 그딴 생각은 지역의 역사를 어떻게든 서울 중심의 역사에 종속시키려는 편향된 역사관에서 나온 거라고 말이다. 물론 아예 틀린 말은 아니다. 한국 역사의 큰 줄기와 맞닿은 역사 인식은 인정한다. 하지만 부산광역시를 구성하는 각 구역의 연관성과 그 성장 과정은 고려조차 하지 않은 인식이기에 분명 문제점이 있다.

자, 쉽게 접근해 보자.

예를 들어 조선 후기 한양의 인구는 과연 몇 명이었을까?

1789년(정조 13년)에 전국 지역별 호수와 인구수를 조사·정리했던 기록문서인 <호구총수>를 살펴보면 한양도성(漢陽都城) 안쪽에는 11만 2,000여 명이 살고 있고, 성곽 밖 10리 반경을 일컫는 성저십리의 인구가 7만 6,000여 명이었다고 전한다. 조사

• 부산타워에서 바라본 부산항

"부산은 원래 사람도 많이 안 사는 어촌 아니었나?"
"길남 씨는 저 말에 뿔따구가 난다."

되지 않은 인구까지 쳐서 도성 안팎으로 대략 20만 명. 같은 시기의 조선 전체 인구수는 약 800만 명으로 추산된다. 한양의 인구가 100만을 넘어선 것은 해방 때나 되어서다. 일제강점기 한양도성의 성벽을 허물고 경성부란 이름으로 확장을 시작하고도 30년이 훨씬 지나서의 일이다.

그럼, 지금 땅값이 제일 비싸다는 강남은 어땠냐고요? 소설가 길남 씨가 아주 편안하게 설명해 드립니다. 네, 강남 거기는 70·80년대 겨우 개발을 시작했으니까 그냥 한강 주변의 갈대밭이고 논밭이었단 말입니데이. 그런데 말이지요, 이때 누군가 80년대 강남 논밭 사진을 가지고 옵니다. 그러고는 아주 똑똑한 것처럼 "이것 보세요, 서울은 이때만 해도 농촌이었어요." 하고 말해쌓는다면… 그, 그, 그기! 서울 전체를 말하는 기 맞습니까? 과연 교양이란 게 있는 걸까요, 없는 걸까요?

이제 부산을 살펴보자. 같은 시기보다 조금 앞선 영조 때 동래읍성의 인구는 2만 정도로 기록되어 있다. 임진왜란 당시 천 명 중 한 명이 겨우 살아남았다는 처참한 기록의 동래. 이 도시가 그렇게 서서히 인구를 회복하고 있었다. 이렇게 살펴본다면 현재 부산광역시를 구성하는 가장 큰 행정구역이었던 동래부만 일단 2만 명이란 말씀(성 안팎 이런 거 안 따지고 말이다.). 이제 동래부를 빼고 살펴볼까? 경상도의 각 지역 남성들이 군역으로 모여들었던 경상좌수영, 그에 준하는 규모의 부산진성, 그리고 특별한 자치 구역이었던 초량왜관, 낙동강 쪽의 구평과 다대진과 구포, 동쪽 해변의 기장 등 몇몇 대표 지역들만 합치더라도 그 범위로 따진다면 '어촌'이란 말은 어불성설임을 알 수 있다.

근대 이후 부산의 역사는 잘 알려진 대로 제국주의 일본 침략의 거점도시로 기록된다. 일본은 부산을 아예 대륙침략의 거점으로 개발하려 했다. 경부선 종착역인 부산역과 해상 교통의 근원지인 중앙부두가 초량에 생겨난 것은 그런 이유였다. 하지만 여기에서도 인구 30만의 '기획도시 부산'은 동래와 수영, 다대포, 구평, 기장 등등 다른 지역을 제외한 것이었다. 당시 부산은 현재의 송도부터 범일동 정도까지, 그러니까 서구 일부와 동구·중구만으로 한정됐다는 사실을 간과해서는 안 된다.

이제부터 펼쳐지는 '부산어촌설 토크쇼'에 당신을 초대합니다!

A : 어, 그러니까 피란수도, 피란수도 하면서 한국전쟁 전에는 부산이 어촌이니 뭐니 떠드는 인간들이 있는데…. 부산 역사를 잘 모르고 하는 말이거든요. 예를 들면 옛날 초량에 초가집 몇 개 찍어놓은 걸 보고 '이것 봐라. 이래 초라한 동네였다.' 뭐, 이런 식으로 이야기하거든요. 초량이 왜 피란민 유입의 대표적 장소가 됐는지 그 이유를 모르는 거죠. 초량은 일제강점기 이전부터 꽤 많은 인구가 기록되어 있거든요. 도시로 발전할 발판이 이미 마련돼 있던 거죠.

B : 잠깐만요? 그래 한데 묶까서 비난하듯 말하면 안 되지요. 그때 부산이 지금 부산하고 같은교? 초량도 마찬가지로 옛날 초량하고 지금 초량은 다르다 아이가. 말 그대로 지금 초량은 부산진성이 있는 부산진 구역이거든. 어촌이란 말은 어떤 지역만 국소

적으로 봤을 때 어촌이었단 말이지. 눈을 키워서 전체를 보면 그건 오해고 오류였다, 이래 말해야 되는 거거든.

A : 아니지요. 그러니까 강하게 얘기해야지요. 초량에 왜관이 있었잖아요? 일본인만 쳐도 많을 때 천 명이 넘게 거주했거든요. 또 거기에 연관된 조선 사람들이 무역과 상행위를 하면서 부락을 이뤘을 것이고…. 경제적으로 보나 유동인구로 보나 작은 어촌에 불과하다는 말은 어불성설이란 말이지요.

B : 아니이, 원래 초량하면 저기 부산역 넘어가서 중앙동하고 광복동, 남포동, 부평동 전체가 초량이란 말이지. 맞다 아이가? 초량왜관은 용두산공원 일대를 말하는 건데 무슨…? 그라고 도시는 이미 행정구역상 상위에 있던 동래부가 있었는데 뭘 자꾸 도시, 도시 거리고 있어.

A : 범위가 어떻고 따지기 전에 부산 지역 곳곳이 조선시대부터 이미 도시의 형태를 갖추고 있었다는 말 아닙니까? 그러니까 부산이 어촌이 아니라는 주장이지요. 그게 뭐 잘못됐어요?

B : 아따, 답답하네. 누가 당신 말이 틀렸다 카나? 다만 행정구역이 나눠졌다 안하요? 일본 아아들이 강점하기 전만 해도 부산이 지금처럼 합치가 있는 기 아니었다고. 동래부, 경상좌수영, 부산진, 다대진, 초량에는 왜관! 범위를 자꾸 무시하고 있어. 범위를!

A : 현재 부산역사를 얘기하려면 옛날 행정구역이라도 묶어서 얘기해야 연관이 되지, 따로국밥처럼 따로 떼서 범위 따지면 무슨 말이 되냐고?

B : 하나를 이바구 해도 제대로 알고 하잔 말 아이가? 그란데 거기 와 자꾸 반말하노?

A : 뭐? 반말은 아까부터 니가 먼저…! 에이씨, 마! 니 쪼깨난 기 그냥 콱 마!

B: 어? 니 부산말 쓸 줄 아네? 그란데 무슨 서울말로 떠들고 있어? 어?

예전에 길남 씨가 참여했던 한 세미나의 레전드 토론 장면이다. 어떠신가? 위에서 말했던 내용이 일목요연하게 정리되지 않는가? 자, 그렇다면 또 의문이 생긴다. 부산의 폭발적 인구 증가를 상징하는 그 유명한 '산복도로 산만디'의 집들은 언제부터 만들어진 것일까? 뭐? 이것도 한국전쟁이 아니라 그 이전부터라고?

아, 길남 씨는 바쁘다. 또 한 번 일제강점기의 기획도시 부산을 이야기해야만 한다.

일제는 조선과 중국을 침략하기 위해 신식항구와 철도를 제일 먼저 부산에 건설한다. 그렇게 부산역과 중앙부두가 생겨나면서 초량 일대는 많은 일거리를 제공하는 곳이 되었다. 거기에다 일본으로 취업하러 나가려는 노동자들이 복잡한 수속을 기다리다 부산에 눌러앉는 일들이 빈발했고, 거처가 부족했던 노동자들은 산 중턱에 천막이나 판잣집을 짓기 시작한다. 해방 이후 대다수의 귀환 동포들이 부산에 정착하면서 판자촌의 범위는 송도에서 현재의 대신동, 아미동, 보수동의 산 중턱으로 세력을 확장한다. 구 초량의 풀 언덕이 어느새 판잣집으로 가득 채워진 판자촌으로 바뀌어 가기 시작한 것이다. 이런 변화들은 부산을 먹고 살 일거리가 있는 도시, 기후가 따뜻한 기회의 도시라는 인식을 심었다. 한국전쟁으로 밀려든 피란민이 하나같이 영도다리에서 만나자고 약속했던 이유도 바로 여기에 있었다. 부산이 대도시로 성장한 까닭은 어쩌다 도망쳐 온 어촌이어서가 아니라 거대한 인과관계 속 필연적 역사였던 것이다.

부산(釜山), 그 이름의 유래 그리고 정공단

독자 여러분, 여러분께서는 소설가 길남 씨와 함께 부산이 대도시로 성장했던 역사를 초고속 하이라이트로 살펴보셨습니다. 그렇다면 부산(釜山)이라는 이름은 어떤 의미를 가지고 생겨났을까요?

길남 씨는 그 답을 찾기 위해 모교 금성고등학교가 있는 좌천동의 증산공원을 찾기로 했다. 이왕 취재 가는 김에 역사의 흐름을 따라 탐방코스를 찾는 것도 좋을 것 같다.

자, 새로운 좌천 탐방코스!

증산공원에서 성북웹툰시장 들렀다가 좌천아파트로. 거기서 경사형 엘리베이터를 타고 금성고로 내려갔다가, 일신여학교 찍고는 정공단 참배. 거기에서 좌로 틀어서 부산 동굴집의 원조였던 좌천동굴로 갔다가 두모포 해관(우리나라 최초의 세관)에 잠시 들러 할매 떡볶이 딱 천 원어치만 묵고는…. 수정시장 통과해서 두모포왜관 표지석과 윤흥신 장군 동상을 보고는 초량으로.

와, 이거 쌔리 마…. 코스 직이네! 혼자 감탄하던 길남 씨가 입맛을 쩝 다신다.

"그렇다면 말이야, 마치고 술도 한잔해야 안 되겠나…? 뭐, 좋은 파트너 없나?"

벌써 님도 보고 뽕도 따고, 도랑 치고 가재 잡을 생각에 침부터 흘리는 소설가. 그때 마침 휴대폰으로 날아오는 문자.

"내일 시험 기간이라 수업 없는데, 시간 되나?"

• 증산전망대

친구 김 팀장(세진수학 김세진 원장)의 문자이다. 정말 시의적절한 우정이로고! 그렇지, 부산역사 탐방이라면 이 친구가 딱! 이지. 김 팀장으로 말할 것 같으면 서울 강남 역삼동이 논밭에서 빌딩숲이 될 때까지 모든 과정을 지켜봤던 오리지날 서울내기 다마내기! 하지만 부산 정착 20년이 다 된 지금은 야구는 롯데팬에, 술만 마시면 꼼장어 타령, 모둠회의 광어, 우럭, 밀치 정도는 대번에 구분할 줄 아는 부산인 그 자체. 처음 만났던 그는 학원의 팀장이었지만 세월이 그를 원장으로 만들었다. 그러든지 말든지 길남 씨 입에 붙은 건 여전히 김 팀장이지만….

맑은 하늘에 청량한 공기가 좋던 어느 날, 두 사람은 부산진성이 있던 부산진시장과 조방앞 사이의 정류장에서 마을버스 1-1번에 몸을 싣는다. 그 유명한 산복도로의 끝머리 안창마을로 이어지는 길가에서 하차한 둘은 언덕 정상에 위치한 동구도서관으로 향한다. 부산 산동네가 다 그렇듯 끊임없이 골목과 계단이 이어진다. 헉헉대며 올라가던 김 팀장이 뒤를 돌아보며 이마의 땀을 씻어내다 우와, 하는 감탄사를 터뜨린다.

"이거 보통 풍경이 아닌데? 바다까지 보여."

어느새 확 트인 풍광은 부산항의 왼편과 서면 일대까지 펼쳐져 있다. 아무리 부산인이 됐다 해도 산과 바다가 몽땅 드러나는 경치가 그는 여전히 낯설고 신기한 모양이다. 동구도서관에 도

• 증산공원에서 바라본 부산항과 영도(2020)

• 증산공원에서 바라본 부산항과 영도(2024년)

착하지 인근에 작은 공원이 있다. 바로 이곳이 부산이란 명칭의 유래를 품고 있는 증산공원이다.

증산의 증 자는 바로 시루 증(甑)이다. 부산(釜山)의 부자가 가마 부(釜)임을 생각할 때 두 글자는 큰 유사성이 있다. 시루떡 찌는 시루도 가마솥 모양이지 않은가? 결국 가마솥 뚜껑을 뒤집어 놓은 모양이라는 말인데, 현재 부산 이름의 유래가 어디에서 비롯되었는지 알 수 있는 부분이다. 증산공원의 안내표지판을 살펴보면 부산 이름의 유래가 되는 곳이 증산일 수도 있고, 아니면 현재 부산진성공원일 수도 있다면서 두 가지 설을 병기하고 있다.

길남 씨가 씩 웃으며 한마디 한다.

"이거, 이거…. 동구가 두 장소를 다 포함하고 있으니까 여유만만하게 다 써놨구만!"

증산이건 자성대이건, 해변에서 바라본 산의 형태가 가마솥 모양인 것만은 분명해 보인다. 이 부근의 산들은 부산 명칭과 여러 관련이 있는데, 안창마을 편의 팔금산(八金山)에서도 다시 언급할 예정이다.

현재의 부산광역시는 아까 토론자들이 이를 갈며 벌인 논쟁처럼, 가장 큰 행정구역이었던 동래부와 경상좌수영, 그리고 부산진, 다대진, 구포, 기장 등을 모두 아우른다. 그렇기에 증산에서 비롯된 부산이라는 명칭은 동구와 중구, 서구 일부, 부산진구 일부에 국한된다 볼 수 있다.

"저어기 보이는 부두가 허치슨 부두라고 불리는 5부두야. 오른쪽이 부산항이고. 저기 차가 많이 다니는 대로가 중앙대로인데 원래는 저기서부터 부두까지가 다 바다였다. 일제강점기로 들어서면서 저 일대 바다는 매축으로 메워지거든. 그래서 지금도 저기 저 동네를 매축지 마을이라고 부른다 아이가."

설명하는 길남 씨는 숨 가쁘다. 그의 몸은 증산공원에 있지만, 마음은 벌써 저 아래 정공단으로 가 있기 때문이다. 누군가는 부산의 역사가 일본과 연관되었다 부정하기도 하고, 부끄럽다 말하기도 한다. 그런 인식들은 우리 가까이에 있으며, 매우 폭력적인 흑백논리로서 전횡을 일삼기도 한다. 문민정부 시절 식민지 잔재를 없앤다며 의도적으로 파괴했던 부산의 근대 역사 건축물들을 생각해 보라. 파괴된 그 자리엔 자본의 논리로 점철된 고층 건물들이 대신 들어섰다. 지난날의 반성 없는 역사 인식은 현재 부산의 재개발 난립으로 변모되어 곳곳을 할퀴어대고 있다.

두 친구는 증산공원에서 내려와 성북웹툰시장을 천천히 구경하다 즉석 어묵으로 출출함을 달랜다. 가게 간판과 벽들이 유명 웹툰 작가의 작품으로 장식된 모습이 이색적이다.

"나는 이 높은 동네에 시장이 있는 게 더 신기하구만."

김 팀장의 말에 길남 씨가 대답한다.

"여게 사람들이 어마어마하게 살았었거든. 동물원도 있었다 하믄 더 놀라겠네."

"엉? 여기에 무슨?"

예전에 성북시장 취재 왔다가 떡볶이집에서 순대랑 막걸리를 마시던 때에 들었던 이야기다. 길남 씨 옆 테이블의 아저씨

두 분께서 낮부터 소주 4병을 비우고는 불콰한 얼굴로 이렇게 말씀하셨다.

"공동묘지 철거하고 공원 세울 때 동물원을 세웠다 아이요. 저게 도서관 근처라."

"코끼리도 있었고, 새장도 큰 기 있었지비. 그기 칠십몇 년도 더라…."

"코끼리 고기를 처뭇나? 내 군대갈 때니까 60년대지."

"뭐? 코끼리? 니는 군대도 빵우갔다 온 기 뭐 자랑이라고 들먹이노?"

워워워…. 길남 씨 일행은 좌천아파트로 와서 경사형 엘리베이터를 탄다. 이 경사형 엘리베이터는 차륜에 톱니가 있는 모노레일과는 종류 자체가 다르니 혼돈 없으시길. 이 엘리베이터는 2016년 개통됐다. 부근 금성고 학생들이 헬계단이라 불렀던 190개의 계단이 사라지고 부산항을 천천히 관망할 수 있는 멋진 시설이 생긴 셈이다. 요즘은 관광객들도 많이 찾는다고. 길남 씨는 이 동네 어르신들의 무릎을 20년쯤 살린 이 엘리베이터가 무척 대견하다.

이제 모교인 금성고등학교를 지나 일신기독병원 부근의 정공단(鄭公壇 부산광역시 동구 좌천동 473-474)에 들른다. 정공단은 임진왜란의 첫 전투가 가장 치열하게 벌어졌던 부산진성 남문 자리에 세워져 있다. 중앙 단 앞에는 '정공단'이라 쓰인 비가 세워져 있고, 서쪽에는 부산진첨사 정발과 그의 막료였던 이정헌(李庭憲)이, 동쪽에는 정발의 첩 열녀 애향(愛香)이, 남쪽에는 여

• 정공단

러 군민이, 남쪽 층계 밑에는 충직한 노복 용월(龍月)의 단이 마련되어 있다.

이들은 왜군의 침략에 맞서 목숨을 걸고 싸웠다. 악귀와 같은 왜군들은 진성의 백성들을 모조리 도륙하는 만행을 저질렀다. 얼마나 두려웠을까? 그 얼마나 고통스러웠을까? 그런데도 그들이 지키려던 것은 과연 무엇이었을까? 그들이 끝까지 지키고자 한 것은 자신들이 살고 있던 삶의 터전이었고, 그 터전의 이름은 부산진성… 바로 부산(釜山)이었다.

정공단은 문이 열려있을 때도 있고, 닫혀있을 때도 있다. 길남 씨는 정공단에 참배하러 들어갈 때마다 진한 슬픔과 비장한 분위기에 압도당하는 느낌을 받았다. 이날도 감정이 살짝 그랬는가 보다. 길남 씨가 눈을 감고 그들을 위해 묵념을 올린다. 곁에 있던 김 팀장이 자신도 모르게 붉어진 눈가를 슬쩍 훔친다. 소설가도 먹먹한 가슴을 큰 한숨으로 달래며 중얼거린다.

"잊지 않겠습니다…."

다시 부산의 이야기 속으로

"자, 그럼 오늘 취재는 끝났나?"

정공단을 나와 이렇게 묻는 김 팀장을 향해 고개를 젓는 길남 씨.

"바로 요 밑으로 조금만 가면 예전에 동굴집이라고 동굴 안에서 막걸리 마시던 술집이 안 있었나? 지금은 좌천 동굴이라고 동굴 안에 기념관을 만들어 놨을걸? 그라고 저쪽 부산일보 쪽으로 가면 아까 말했던 초량왜관 만들기 전에 72년을 운영했던 두모포왜관이 있었다 아이가. 그래가 그 동네를 옛날 고(古)자 붙여서 고관이라 부른다. 전신만신에 고관이란 가게가 그득하다. 고관함박, 고관해물탕, 고관약국, 고관치과…. 그라고 그 앞에 수정시장에 가면…."

길남 씨의 수다에 발동이 걸린다. 두 사람의 발걸음이 서서히 빨라진다. 부산의 이야기가 몇 발짝 가지 않아 무수하게 튀어나오기 시작했기 때문이다.

• 좌천동굴

구초량,
신초량을 걷다

영도 오동꽃길에서 바라본 초량

"야야, 잠깐만 천천히 가자! 어휴!"

김 팀장의 하소연에 길남 씨가 손을 마구 내젓는다.

"아이고, 차 갖다 대놓고 5분이나 걸었나? 잠시 오르막인데도 이리 되다."

"처음 가자던 봉래산은 그럼 안 가?"

"뭐라카노? 거기 올라갔으면 벌써 마, 짜부됐을 기라."

두 사람이 헉헉거리며 서 있는 곳은 그 이름도 예쁜 영도 오동꽃길.

원래는 영도 봉래산 정상에 올라 구초량과 신초량 지역을 두루 내려다보며, 하하하! 기개를 펼치려 했던 길남 씨. 하지만 날이 갈수록 떨어지는 체력과 늘어가는 잔머리에 선택된 구역이 바로 여기 영도 오동꽃길.

• 영도 오동꽃길에서 바라본 부산항과 초량

"바다 건너로 구초량에 해당하는 남포동과 중앙동, 영주동이 훤히 보이고, 오른쪽으로는 신초량인 초량동 일대도 한눈에 들어온다. 전망으로는 일석이조의 장소란 말씀."

이런들 어떠하리 저런들 어떠하리
오동꽃길이 봉래산보다 낮은들 어떠하리
저 멀리 구초량·신초량 한눈에 누리리라

오동꽃길 구간은 어지간한 전망대 뺨치는 전경을 자랑하는 곳이다. 바다 건너로 구초량에 해당하는 부평동, 부민동, 광복동, 동광동, 중앙동, 영주동이 훤히 보인다. 거기에 더해 신초량에 해당하는 현재의 초량동 일대도 한눈에 들어오니 일석이조의 장소란 말씀.

"이야, 전망 진짜 좋다. 이런 데는 또 어떻게 알아냈냐?"

기분이 좋아진 길남 씨가 콧대를 세우고 킁킁대며 설명을 시작한다.

"저기 용두산공원 부산타워 보이나? 그라니까 저기 바로 밑에 동네를 중심으로 초량왜관이 들어선 기거든. 이거 휴대폰에 그림 한번 봐봐. 이게 변박이라는 아저씨가 그린 <초량왜관도> 거든? 여, 여, 여기 보이제? 이게 '관수가(官守家)'라고 왜관의 대빵인 관수(官守)가 살던 데야. 바로 여기가 바로 저 용두산공원 자리다, 이 말이야."

길남 씨가 손가락질을 하자 그의 곁에 선 김 팀장이 고개를 끄덕이며 감탄사를 연발한다.

"여기서 보니까 네가 말하는 게 한눈에 들어오네. 오오, 싹 다 이해가 간다."

마침 시원한 바람이 불어와 땀에 젖은 두 사람의 이마를 식혀

준다. 원래 초량이란 명칭은 순우리말로 '새뛰' 또는 '샛디'에서 비롯하였다. 조선시대만 해도 현재의 서구·중구·동구 일대가 모조리 억새와 띠풀, 기장 등이 우거진 초원과 풀 언덕이었다고 한다. 그런 형편이니 풀 초(草)자에 기장 량(粱)이란 한자 이름이 붙은 것은 당연한….

"아니요. 잠깐만. 그게 기장 량(粱)이 아니고 들보 량(粱)인거 같은데요?"

쿠궁! 뭐? 초량의 량 자가 뭐, 뭐라꼬?

초량 명칭의 숨겨진 비밀, 량(粱)

여기서 잠깐!

때는 이천이십사 년, 뜨거운 여름의 기운이 아직도 진행되던 9월 초의 일이다.

『마마마, 부산』의 원고를 1차로 교정 보던 운명의 그날!

보라는 교정은 보지 않고 또 무언가에 집착해서 인터넷만 살피던 후배 강 군이 이렇게 외쳤다.

"선배, 다른 자료를 보니 '초량' 할 때 '량' 자가 선배 원고에 쓴 '기장 량(粱)'이 아니라 '들보 량(粱)'이라 붙어 있는데요? 이거 찾아보면 볼수록 이상한데?"

"『부산포』를 썼던 최해군 소설가는 초량 설명하면서 '들보 량(粱)'을 썼는데요? 어라? 그런데 여기 설명에서는 '들보 량'이라고 안 하고, '될 량'이라고 하네? 거참, 한자 사전 다 뒤져봐도 '들보 량'을 '될 량'이라고 부르는 기록은 초량 관련 설명밖에 없구만요."

따지고 보면 순우리말인 새띠가 '기장 량'을 쓰는 초량으로 가는 과정이 매끈하지만은 않다. 그렇다고 '띠'를 '뒤'라고 발음한다 치고 '될 량'을 썼다는 말도 제대로 된 설명이 아닌 것 같다. 한자사전 어디에도 '들보 량(梁)'을 '될 량'으로 설명하는 부분은 없다. '될 량(梁)'은 초량의 유래를 설명하는 글에서만 존재하는 한자인 셈이다.

"한 번 언급된 초량 설명을 가감 없이 붙여쓰기만 한 설명이 많네요. 블로그 같은 경우에는 아예 수십 군데 복사 확장됐어요. 최근 뉴스를 보더라도 '들보 량'과 '기장 량'이 심하게 혼동되어 쓰이는데요?"

초량에 관한 대표적 기본 설명은 두 가지이다.

1. 초량은 우리말로 "새띠, 새뒤 또는 새터" 라 불렀는데 '새'는 억새, 갈대라는 뜻의 초(草)로 '뒤'는 될 량(梁)으로 한자음을 따서 지은 것이다.

2. 초량은 우리말로 "새띠 또는 새터" 라 불렀는데 풀이 많은 길목이란 뜻으로 억새, 갈대라는 뜻의 초(草)와 곡식이나 모초를 뜻하는 량(粱)으로 한자음을 따서 지은 것이다.

"우와, 이거 미치겠네. 그럼 이거 대체 뭐가 맞는 거야?"

잠시 갑론을박이 펼쳐졌다.

뉴스를 보니 동국여지승람에 초량이 나와 있다더라. 부산하면 최해군 소설가가 그래도 최고 전문가니까 그냥 들보 량으로 가자. 동길산 시인이 옛 지도를 참고 삼아 초량 이야기를 잘 해놨던데 그걸 참고하면….

어쨌든 많은 자료를 뒤져보니 초량의 량은 기장 량(粱)이 아니라 들보 량(梁)일 가능성이 매우 높다. 하지만 초량의 이름 유래를 설명하는 '될 량(粱)'이란 것이 확실히 존재하지도 않고, 대충 '들보 량'이라 하기엔 범죄와의 전쟁 하정우 버전으로 "명분이 없다입니꺼? 명분이!".

"고마, 시끄럽고!"

길남 씨가 책상을 탕, 치고 논쟁을 정리한다.

"이럴 때는 다 필요 없고 <조선왕조실록>이지."

그렇다. 이런 경우를 수십, 수백 번 닥쳐본 사람이 바로 소설가 길남 씨 아닌가? 왜관 관련 소설을 쓰느라, 안 그래도 별로 없는 자료들을 있는 대로 다 뒤져봤던 사나이. 그는 <조선왕조실록>의 위력을 너무나도 잘 알고 있다. 조선왕조실록 국사편찬위원회 사이트(https://sillok.history.go.kr)는 실록의 내용을 국문·한문으로 모조리 정리하고 있다. 게다가 몇 년도 몇 월 며칠까지 다 검색되는 최첨단의 시스템마저 갖추고 있다.

그렇게 찾아낸 부산포의 초량은 선조실록부터 기록된다(세종실록에도 초량이 기록돼 있으나 부산의 초량을 지칭하는 것인지 정확히 알 수 없다).

선조실록 85권, 선조 30년 2월 20일 신사 2번째 기사
1597년 명 만력(萬曆) 25년, 도원수 권율의 치계
- 배들은 부산에서 서쪽으로 10리 가량 떨어진 초량항(草梁項)에 모여 대총통(大銃筒) 한 발을 방포한 뒤에 그대로 그곳에 머물기로 한다.

이후에도 인조실록, 현종실록, 숙종실록 등 초량은 모조리 '들보 량'으로 표기되고 있었다. 기쁨의 눈물을 흘리는 길남 씨. 이제부터라도 초량은 모두 '들보 량(梁)'으로 기록합시다!

'와와와 짝짝짝' 하는 그 순간 들려오는 강 군의 질문.

"그런데 들보 량을 굳이 쓰는 이유는 뭐지? 그 이유 말입니다!"

또 한 번 좌절에 빠졌던 소설가….

하지만 길남 씨는 며칠 뒤에 그 해답을 찾고 만다. 그가 시름에 빠진 채 미스터 조라는 신비의 사나이를 만났을 때의 일이다. 미스터 조가 초량에 대한 미스터리를 듣더니 한마디 했다.

"초량…. 지금부터 내가 부르는 장소를 잘 들어보이소. 명량, 노량, 견내량, 칠천량, 그라고 초량!"

으허헉, 놀랍다. 그래, 그랬구만! 육지 사이에 끼어 있는 좁고 긴 바다를 뜻할 때, '들보 량(梁)'이 모조리 들어갔던 것이다. 구초량도 육지와 영도 사이에 좁은 바다가 있지 않았던가! 이게

좁은 바다, 해협(海峽)을 뜻하는 말이…. 잉? 그것도 아니라고?

"그런데 길남 씨. 이거 잘 들어보이소. 이때 '량'이 꼭 해협만 말하는 게 아니거든요. 좁은 해협이나 강을 잇는 다리란 뜻도 있단 말이지요. 그래서 량(梁)은 천연적(天然的)으로 형성된 다리를 말할 때 쓴 지리용어가 아니겠는가? 우리가 다리를 교량(橋梁)이라고 하잖아요? 또 그 근방이 지역과 지역을 잇는 길목 역할도 한다는 거지. 실록에 나온 초량항(草梁項)을 보세요. 항이 항구 항(港)이 아니라 목덜미 항(項)을 쓰거든."

미스터 조의 설명에 의하면 량(梁)은 바다나 강의 의미가 아니라, 육지에서 다리나 들보처럼 뾰족하게 툭 튀어나온 곳을 의미한다는 것. 말 그대로 초량도 그렇게 튀어나온 지형이었고, 부산진과 다대진을 잇는 길목, 관문의 역할을 했다는 것. 추가로 억새가 억수로 많은 곳이었다는 점.

이제야 모든 의문을 해결한 길남 씨.

아아, '소설가 길남 씨의 부산 이야기'가 가야 할 세계는 아직도 높고 멀기만 하구나!

내가 그의 이름을 불러주기 전에는
그는 다만
하나의 풀언덕 초량(梁)에 지나지 않았다.

내가 그의 이름을 불러주었을 때
그는 나에게로 와서

진짜 풀의 관문 초량(梁)이 되었다.

구 초량(舊草梁)을 걷다

길남 씨와 김 팀장은 어느새 바다를 건너와 오동꽃길에서 바라보던 용두산(龍頭山) 공원에 올라와 있다. 둘은 아까 바라보던 풍경의 반대편에서 부산항 일대를 살펴본다. 두 사람은 가만히 눈을 감고 몇백 년 전의 풍경을 그려본다.

영도의 봉래산(연배가 계신 분들은 고갈산이라고 부르기도 한다)과 남항대교 앞바다, 송도, 천마산을 이어 남포동, 광복동, 그리고 중앙동…. 그렇게 이어지는 풍경 밑으로 흰 억새와 띠풀이 우거진 풀 언덕이 해안가를 따라 펼쳐진다.

휘이이잉!

바람 소리가 몰아닥친다. 용의 머리(용두산)에서 몰아친 바람이 흰 억새를 넘어뜨리며 바다를 향해 몰아닥친다. 하지만 내달리던 바람은 이내 만만찮은 적을 만난다. 파도와 함께 꿈틀거리는 용의 꼬리(용미산)는 바람의 몸통을 내리쳐 산산조각 내버린다. 그러면 용의 비늘과 닮은 곰솔이 윙윙거리는 바람 소리를 슬그머니 집어삼키는 것이다….

문득 김 팀장의 목소리가 들리며 상상 속 풍경이 순식간에 사라진다.

"그런데 아까부터 궁금한 게 있었는데, 저기 공원 입구 분수

• 용미산 자리엔 현재 롯데백화점 광복점이 들어서 있다.

대에서 봤던 그림, 초량왜관도 있잖아? 그런데 그림 아래쪽 해변에 산이 있던데 그 산은 뭐야? 여기 용두산에서 보면 밑에 산이 없잖아?"

"아아, 질문 좋고. 포인트를 정확히 지적했구만! 그러니까 거기가 지금 어디냐면 바로…!"

눈을 크게 뜬 길남 씨가 손가락으로 가리킨 곳은 용의 꼬리에 해당하는 용미산(龍尾山).

하지만 용미산은 이제 사라지고 없다. 이곳은 초량왜관의 선창, 아니 일본인 거류지의 신사, 아니 일제의 부산부청, 아니 경남도청, 아니 부산시청이었던, 그리고 이제 그 300년의 역사를 딛고 우뚝 서 있는… 바로 롯데백화점!

용 꼬리에 해당하는 용미산은 일제의 정책에 의해 흔적도 없이 사라져 버린 지 오래다. '풍수가 어떻고, 민족의 정기가 저떻고' 하는 얘기는 뒤로 넘기더라도, 수차례 국적이 왔다리 갔다리 했었던 그 자리에 한국기업인지 일본기업인지 헷갈리는 백화점이 들어서 있으니…. 이렇게 수많은 상징을 한 번에 담은 역사적 공간이 있을까 싶다. 용미산은 이미 사라졌지만 그 의미만큼은 다시 쌓아 올려야 하지 않을까? 길남 씨의 머릿속에 여러 생각이 스치고 지나간다.

자, 이제 두 사람은 용두산공원의 중앙동 방면 아랫길로 내려가 보려 한다. 랜드마크인 부산타워를 마주 봤을 때 오른쪽은 중앙동이 위치한 자리이다. 동광교회와 카페가 들어선 고즈넉한 길을 내려가다 보면 '약조제찰비(기유약조)' 표지판이 나타난다. 두 사람은 동광빌딩의 오른쪽 길로 꺾어 들어간다. 묘한 느낌의 골목을 지나니 카페와 모텔 몇 개가 나타나고 커다란 주차장이 밑으로 펼쳐진다.

"여기가 초량왜관 우두머리인 관수(官守)가 있던 곳, 관수가 자리야."

이 자리에는 불과 5, 6년 전만 해도 <부촌>이란 아담한 식당이 있었다. 『왜관 - 조선은 왜 일본사람들을 가두었을까?』의 저자 다시로 가즈이 씨는 이곳을 찾아왔다가 "우리들이 지금 왜관

안으로 들어와 걷고 있군요."라고 말했다 한다. 하지만 지금 그 자리는 몽땅 파헤쳐져 호텔인지 모텔인지가 들어서 있다. 이 부근은 공사만 하면 왜관의 흔적이나 돌담, 축대 등이 튀어나오곤 하지만 그런 역사에 관한 관리는 허술하기 짝이 없다. 참고로 현재 <부촌>의 사장님은 부근 동광동 골목에 <관수가>라는 고깃집을 운영하고 계신다. 이렇게나마 역사가 이어진다는 사실이 길남 씨는 굉장히 흐뭇하다.

"무조건 일본, 쪽바리, 왜놈 할 일이 아니란 말이지. 왜관도 우리의 역사야. 실제 광해와 한음 이덕형의 실리외교가 최초로 빛을 발했던 곳은 이곳 부산 왜관이었거든. 물론 그 왜관은 초량왜관 이전의 두모포왜관이었지만."

• 동광동 관수가 계단

"여기 초량왜관도 자세히 아는 사람이 많지 않잖아? 그냥 일본이 침략한 곳으로 착각하고."

김 팀장이 묻자 길남 씨가 씁쓸하게 고개를 끄덕인다. 초량왜관의 역사는 여전히 일제강점의 교두보 역할을 했다는 오명을 뒤집어쓰고 있는지도 모를 일이다. 한 가지 다행인 것은 관수가로 오르던 37계단은 여전히 사람들에게 몸을 맡긴 채 제 모습을 지키고 있으며, 이를 설명하는 표지판이 설치되어 있다는 점이다. 실제 이곳은 일본이 부산을 지배하기 위해 세운 부산부청(계단 위)과 부산경찰서(계단 옆 노래방)가 있었다. 독립투사 박재혁 의사가 폭탄을 던져 경찰서장 하시모토를 사살한 곳이기도 하다. 하지만 이곳 왜관 관수가는 일본 군국주의, 제국주의자들이 득세하기 전까지는 침략의 상징이 아닌 300년 평화의 상징이었다는 사실!

광해 원년인 1607년, 1만 평 규모의 두모포왜관이 현재의 수정동·좌천동 부근에 들어선 후 72년 만에 왜관은 10배의 크기로 성장해 초량으로 이전한다. 숙종 4년에 개관한 초량왜관은 스펙터클한 규모를 자랑하는 동아시아 무역의 교두보였다. 청의 비단, 조선의 쌀과 인삼, 도자기, 일본의 은과 유황, 담배, 설탕 등등 당시를 대표하는 물자들이 초량왜관을 통해 끊임없이 나가고 들어왔었다. 초량왜관의 무역은 은(銀) 본위 사회였던 근대 동아시아의 발전과 소통에 크게 기여하며 약 300여 년간의 평화와 번영을 일궜다.

신초량(新草梁)을 걷다

초량왜관이 국제적 의미에서 번성했다지만 국내 여론은 그리 좋은 편이 되지 못했다. 조선을 초토화했던 7년 전쟁의 주범이 바로 왜인들 아닌가? 그들이 조선 땅에 체류하는 것도 못마땅한데 그와 어울리는 조선인들이 차고 넘쳤으니… 국내 여론은 갈수록 악화일로를 걸어갔다. 특히 일본인의 난출, 매매춘, 밀무역 등 왜관 주변에서 일어난 사회, 경제적 문제는 조선 사회에 큰 충격을 안기기에 충분했다. 그래서 조선정부는 왜관의 일본인을 더욱 철저히 관리하려 새로 담을 쌓아 외곽에 설문(設門 현재 부산역 앞 차이나타운 홍성방 부근)을 만들었고, 조선인 마을을 그 바깥으로 몰아냈다. 이후 조선 말기엔 설문 부근으로 청국 영사관(지금의 차이나타운이 바로 이 영사관의 흔적이다)이 들어섰으며, 다수의 일본인 마을도 조성된다. 그리하여 조선인 마을은 차츰 부산진성 방면으로 밀려나가며 왜관과 조금씩 더 거리를 두게 되는데 이 과정에서 설문 바깥쪽을 신초량이라 일컬었다고 한다.

• 초량 정발 장군상

며칠 뒤 길남 씨와 김 팀장은 구초량과 정반대 방향인 부산진시장 방면에서 신초량으로 걸어가는 루트를 택해 초량역에 다다랐다.

증산(甑山)을 거쳐 정발 장군을 모신 정공단(鄭公壇), 초량시장과 많은 공통점을 가지는 수정시장, 그리고 정식 왜관의 시초가 됐던 두모포왜관 자리의 고관(古館)을 거치는 아주 보람찬 행로였다. 이렇게 되면 초량을 싸고 있던 부산진성을 모조리 훑은 셈이 된다. 이제 본격적으로 현재의 초량인 신초량을 다룰 차례인 것이다.

초량역 부근은 거친 역사의 파도가 그대로 느껴지는 곳이다. 김 팀장이 그 파도를 한 대 맞은 듯 궁금해하며 묻는다.

"야, 여기 무슨 데모해? 의경들이 막 경비를 서고, 경찰 버스는 또 왜 저리 서 있어?"

길남 씨는 오는 길에 지나왔던 평화의 소녀상과 강제징용 노동자상을 번갈아 바라보다 멀리 바다 쪽에 눈길을 주고 있는 정발 장군 동상을 쳐다본다.

"왜 그렇겠노? 여기 세 개나 되는 동상들이 둘러싸고 있는 저기가 바로 일본 영사관이다 아이가?"

김 팀장은 살짝 충격을 먹은 표정이다.

"여길 지나다니기만 했지 그런 건 전혀 몰랐다야…."

"부산사람도 잘 모르는 사람 천지빼까리다. 그렇다고 뭐 일본 사람 전부한테 죄가 있겠나? 이래 만든 수박씨 발라먹을 극우 문디 샛기들이 문제지…."

초량시장과 산언덕 마을

두 사람은 슬픈 역사를 뒤로하고 초량시장 입구로 들어섰다. 현재 이곳은 복개됐던 초량천의 생태하천복구 공사가 한창이다. 그러나 말도 많고 탈도 많았던 공사라 탐탁잖은 소리가 곧잘 들려오는 것도 사실이다. 몇 년 전 장마 때 상가의 침수 피해가 생겨난 것이 대표적 예다. 하천 벽을 높게 시공하면서 덩달아 높아진 보도는 인근 상가와 시장 쪽으로 큰 경사를 만들었었다. 이런 상황에 폭우가 쏟아지니 그 빗물이 다 어디로 향했겠는가? 물난리도, 물난리도 그런 물난리가 없었다고 한다. 하천 복원하려다 보도를 복원하는 촌극이 벌어져, 혈세가 줄줄 새어나갔다는 후문이다.

그건 그렇고 초량시장 부근에 들어서자마자 뱃속에서는 꼬르륵 소리가 쉴 새 없이 요동친다.

"김 팀장, 잘 선택하래이. 여기는 길가가 바로 메뉴판이다."

길남 씨는 몸부림치는 김 팀장을 억지로 끌고 부산고등학교 쪽으로 향한다. 시장 입구를 지나자 〈초량통닭〉으로 대표되는 닭집 구역이 나타난다. 다음으로 전국적으로 유명한 초량갈비 골목이 보이더니, 어느새 꼼장어 가게와 돼지국밥집이 줄지어 있다. 기본이 30년, 40년 전통이다. 정신을 차리려 찻길 건너편을 바라보니 또 전국구로 유명한 초량불백 거리가 쫙 펼쳐진다.

"이 동네가 보통 동네가 아니거든. 여기 식당이 와 이리 많은 줄 아나? 저 위로 조금만 올라가면 산으로 산으로 집이 끝도 없이 연결되는 산복도로 쪽이다. 사람들이 낮에는 일하러 간다고 우르르 내리왔다가, 밤이 되면 또 우르르 집으로 올라가는 기라."

"하루 종일 고생하고 집에 올라가려니 소주 한잔 생각났다, 이 말이군."

"그렇지. 초량갈비나 불백이 유명해진 것도 다 그런 이유가 숨어 있는 기라."

하지만 이 이야기 속에는 빠진 것이 있다. 앞에서도 말했듯이 해방과 한국전쟁을 치르며 초량의 수정산 풀 언덕은 귀환 동포와 피란민들이 가득 찬 판자촌으로 바뀌었다. 부산역의 교통과 중앙부두의 물자는 어려운 시대를 살아갔던 우리네 어머니 아버지의 생명줄과도 같은 것이었다. 온종일 거친 노동에 시달린 그들을 기다리는 것은 높디높은 오르막길이었다. 그 오르막을 오르기 전 지친 발을 쉬며 목의 먼지를 씻는 소주 한잔과 초량갈비…. 아마도 그것은 풍요로운 지금의 어떤 먹거리보다 천 배 만 배 더 달지 않았을까?

초량시장과 초량의 미래

김 팀장은 많은 메뉴 중에서 초량갈비를 선택했다. 그러나 바로 식당으로 들어갈 길남 씨가 아니다. 초량숯불갈비 골목을 누비던 둘은 좁은 길을 신기한 듯 두리번거린다. 이 길은 척 봐도

• 초량전통시장

토박이를 위한 길이 아니다. 영화나 소설에서나 나올 법한 이름의 무진장여관, 한길여인숙, 동해장여관, 왔다남성컷트, 은세탁, 장수식당…. 갖가지 종류의 점포가 골목 속에 엉킨 채 낯선 여행자가 모든 걸 해결할 수 있도록 형성된, 그런 길인 것이다. 초량시장은 이런 골목들이 사이사이로 연결되는 시장이다.

앞에서 언급했듯 교통과 물자가 풍부했던 초량에 일제강점기와 한국전쟁 당시 보따리 장사들이 하나둘 모여든 것은 자연스러운 현상이었다. 1960년대에 초량상가시장 건물이 들어서면서 시장은 본격적 입지를 굳힌다. 근처 수정시장과 마찬가지로 산 언덕배기에 살았던 많은 사람이 일을 마친 후 장을 보고 귀가하는 형태로 시장은 발전에 발전을 거듭했다.

지글지글 초량갈비와 소주 한잔 걸친 길남 씨와 김 팀장. 그들은 얼큰해져서 아케이드 천장 아래의 초량시장을 찾았다. 야시장을 운영하진 않지만, 장사를 마치거나 폐업한 상가 사이로 포장마차 형태의 주점들이 꽤 형성돼 있기 때문이다. 부근의 개발과 대형마트의 등장으로 시장이 힘들어진 만큼 새로운 활로를 모색하려는 모습이 선명하다. 시장은 그 동네의 생태를 고스란히 닮기 마련이다. 그토록 탄력 있던 초량시장이었지만 어느 틈에 그 기세가 살짝 꺾여 있음은 부정하지 못하는 분위기이다.

산언덕 마을과 산복도로와 이바구길이란 브랜드의 부산 동구, 그리고 초량…. 이곳의 인구는 갈수록 줄어들고, 세상 어디에도 없던 전망은 나날이 올라가는 고층아파트에 하나둘씩 자리를 내주고 있다. 그 옛날 풀 언덕이었던 이곳을 급변시켰던 몇백 년간의 역사는 지나갔고, 이제 초량은 또 다른 역사를 맞이하게 될 것이 분명하다.

길남 씨는 초량시장을 나와 산복도로가 있는 산언덕 마을 쪽을 가만히 살펴본다. 갑자기 가슴이 시리다. 수많은 이들이 거쳐 가고, 살아가는 저곳이 또 어떤 모습으로 바뀌어 갈까? 무언가에 쫓기듯 바쁘게 사라진 풀 언덕의 역사가 이제는 '사람의 언덕'으로서 품은 이들을 위로하고 보살피기를….

소설가는 그렇게 기원하며 발걸음을 돌린다. 보태서 말해 술

기운이 올랐는지 눈가가 약간 시큰한 것은 할 수 없는 노릇이었다.

• 초량1동 야경

남포동
역사여행

영도대교의 사연

"여기는 우리나라 유일의 도개교 영도대교가 있는 남포, 남포역입니다."

어느 날부터 남포역의 지하철 방송은 영도대교를 메인으로 소개한다. 바야흐로 남포동의 랜드마크인 셈이다.

자, 지금부터 소설가 길남 씨의 부산 퀴즈 타임!
난이도가 살짝 높으니 모르시는 분은 인터넷을 검색하셔도 좋습니다.
"부산이라는 육지와 영도라는 섬은 총 4개의 다리로 연결돼 있습니다. 이 4개의 다리를 개통된 순서대로 말씀해 주세요!"
살짝 어려운가? 만약 단박에 맞추셨다면 당신의 부산 상식은 전문가 1등급!

그럼 순서대로 답을 열거할 때이다.

정답은 남포동과 영도를 연결하는 영도대교(1934년 11월), 중앙동과 영도를 연결하는 부산대교(1980년 1월 30일), 송도와 영도를 연결하는 남항대교(2008년 6월 30일), 그리고 남구와 영도를 연결하는 부산항대교(2014년 5월 22일).

• 영도대교 입구

이렇듯 영도는 각 지역과 촘촘하게 연결되어 도시의 가교역할을 담당하는 곳이다. 그런데 이런 다리 중에서도 가장 긴 역사와 깊은 스토리를 가진 교량이 바로 영도대교이다. 영도대교가 세워진 게 벌써 90년이 넘고, 어느덧 100살을 향해 가는데도 제 역할을 건실히 하고 있으니 참 대단한 다리인 게 분명하다. 정확히는 1932년 3월 착공하여 1934년 11월 완공, 일제강점기에 건설되어 재가설된 부산 최초의 연륙교이자 국내 최초의 도개식 가동교가 바로 영도대교이다. 당시 늘어난 영도의 인구를 감당하지 못해 만들어진 다리가 영도대교였는데, 다리 개통식을 하던 날에 3만 명의 사람들이 몰려들었다고 한다. 현재 사직야구장이 만원이 되어도 22,990명이라고 하니 실로 대단한 숫자가 아닐 수 없다. 그것도 1934년에! 심지어 다리 한쪽을 하루 7번이나 들어 올리는 퍼포먼스까지 갖춘 영도다리는 서울 남대문, 경주 석굴암, 제주 백록담 등의 굵직한 랜드마크와 어깨를 나란히 하며 전국적 스타로 등극한다. 하지만 그 유명세는 15년 후 아주 슬픈 방향으로 활용된다. 한국전쟁이 터지고 전국에서 피란 온 사람들의 만남의 장소가 바로 영도다리였으니….

"여보, 나 길남이 데리고 먼저 떠나오. 나중에 부산으로 오면 영도다리에서 만나기로 합시다."

뭐, 이런 식의 약속이 수천, 아니 수백만이 넘었으리라. 그리고 더욱 슬프게도 만남보다 이별이, 소식보다 무소식이 대부분이었던 시대의 아픔…. 그 이별과 그리움의 한(恨)은 주변에 점집을 양산하기도 했다. 실제 영도다리 주변에 엄청난 수의 점쟁이와 점집이 존재했으나, 현재는 거의 모두 사라져 버려 세월의 무상함을 느끼게 한다.

영도대교 또한 세월이 흐르며 늙어갔다. 제대로 된 보수공사도 없이 무모할 정도로 용감하게 운용되던 영도대교는 서울 성수대교 사고 이후 급하게 진행된 안전진단에서 긴급보수 또는 철거 판정을 받는다. 이후 끊임없는 보수공사로 유지되던 다리는 2011년 5월 복원확장공사로 사실상 해체되기에 이른다. 현재 새로 만들어진 영도대교는 원래의 교량 일부가 남아있고 모양도 똑같이 복원해, 문화재로서의 의미를 살리고 있다.

그런데 영도대교는 원래 배가 지나갈 때 한쪽을 들어 올리는 도개교였다. 영도의 인구가 늘면서 차량의 소통을 위해 도개 기능을 중단시킨 것이 1966년 9월이다. 도개가 다시 이루어진 때는 57년이 지난 영도다리의 재개통 이후이다. 롯데백화점 광복점이 들어서며 낡은 다리의 해체 및 복원 공사가 시작되고, 도개 행사도 복원된다. 그러나 역사적 의미를 살리려 했던 도개 행사는 "왜 우리가 교통이 단절되는 불편을 매일 겪어야 하느냐?", "이게 중구다리지 어떻게 영도다리냐? 점심때 들어오는 손님 다 끊기고 이게 뭐냐?" 등등 수많은 민원이 쏟아지고 논란이 발생한다. 하루에 한 번 정오에 15분씩 이뤄지던 도개 행사가 오후 2시로 옮겨지는가 하면, 여러 논란과 협의를 거쳐 주 1주일에 한 번, 매주 토요일 (14:00-14:15) 15분간 진행한다.

역사적 의미와 스토리텔링, 관광 효과 등의 책상머리 용어가 실제 주민의 편의와 먹고사는 문제에 얼마만큼 영향을 주는지를 여실히 보여주었던 영도다리의 복원과 도개의 10년….

부산의 길이 여기 있으매
어느 가을 이른 바람에 재탄생한 영도다리 앞에서
다이내믹 부산에 '연구와 애정'이란 게
제발 좀 스며들었으면….
하는 바람을 실어 어디론가 날려 보낸다.
같은 부산에 살면서도
그놈의 개발만 떠들어대는 행정은
대체 어디로 가는지 모르겠구나.
아아, 산복도로에서 해변 고층아파트나 쳐다볼 나는….
그냥 마, 도 닦으며 좋은 세상 기다리겠노라.

그런데 갑자기 궁금하다. 무려 1930년대에 이 거대한 다리를 들었다 놨다 했다고? 그것도 매일 7번씩이나 도개 작업을 했다고 하니 놀라울 따름이다. 저 엄청난 작업을 하려면 얼마나 전기가 들었겠는가? 그러고 보면 이 동네에 전기가 남아돌았다는 이야기인데…. 한국전쟁 당시에도 이곳 남포동과 대신동을 중심으로 임시정부가 세워지고 군사물자가 모여들지 않았던가? 그게 다만 부두가 있다는 이유뿐이겠는가? 이 모든 것의 원인은 바로 전기시설과 신식 인프라가 이곳에 모두 모여있었기 때문이었다. 왜 그랬을까? 왜 조선시대부터 지역의 중심이던 동래가 아니고 남포동이었을까?

부산 최고의 중심지라는 명성을 지금은 해운대와 서면에 많이 넘겨줬지만, 부산국제영화제가 처음 개최되는 90년대만 해

• 영도대교 밑에서 남포동 쪽을 바라본 전경

도 남포동이 최고였다. 영화를 봐도, 옷을 사도, 하다못해 안경 맞추러 가도 제일 먼저 가던 곳이 남포동 아니었던가? 그런데 정말 궁금하다. 이곳 남포동이 언제부터 부산의 중심지가 되었을까?

어… 그런데 길남 씨의 머릿속에 또 씰데없는 말풍선이 떠오르기 시작한다. 아차, 이거 또 부산 어촌설을 건드렸나 보다.

편집자 : 아아, 독자 여러분, 복습의 시간이라 생각하시고 양해 바랍니다. 이미 이 내용을 알고 계시면 그냥 넘기셔도 됩

니다.

"조선시대까지만 해도 부산은 시골 어촌이었다."
"부산은 원래 작은 소도시였는데, 한국전쟁으로 물밀듯 유입됐던 피란민으로 인해 제2의 도시로 성장한다."
부산에 사는 사람이라면 한 번쯤 들어보았던 말이다. 하지만 이는 현재의 부산을 이루게 된 역사를 제대로 이해하지 못하는 말이다. 저런 발언의 깊은 속에는 일본의 강제 개항과 일제 거점도시로서의 부산 개발 역사를 숨기고자 하는 피해의식이 더덕더덕 붙어있다. 거기에 더해 피란민을 받아들인 토박이의 도시가 아닌, 어쩔 수 없이 피란 갔다 돌아가지 못한 이들의 도시라는 외부 중심의 부정적 시선까지….
시사 또는 예능 프로그램 등 언론·방송에서 부산을 다룰 때 부산인의 시선이 제대로 적용된 적이 몇 번이나 있던가? "한국전쟁 이후 급성장한 도시"라는 말이 그 이전의 근거와 역사를 모두 잘라버린 채 통용된 건 이미 한두 번이 아니다. 이런 인식은 부산 토박이들에게조차 번질 대로 번져서 어느덧 부산은 역사와 전통이 없는 도시가 되어버린 느낌이다. 오죽하면 엑스포 들러리 쇼에 소환되어 자기 색깔도 내지 못하고 망신이나 당하는 도시가 되었을까?
소설가 길남 씨는 슬프다.
인터넷 뉴스의 '부산은 조금 있으면 소멸하는 도시라던데?'라는 댓글에 뒷목을 움켜잡았던 길남 씨. 소멸, 노인과 바다,

꼴랑 29표, 일자리 부족 도시, 기업이 떠나는 도시 등등. 불명예스러운 단어들에 쪼그라들기만 하는 부산 꼬라지의 근원이 '역사 없는 도시 부산'에 원인이 있는 것만 같아 소설가는 하루에도 몇 번씩 뿔따구가 나곤 하는 것이다.

편집자 : 인자 마, 고마하소! 승질 내봐야 듣도 안 한다니까?
(길남 씨, 잠시 숨을 고른다.)
길남 씨 : 마, 제기 쫌 흥분했던 거 같네요. 그라이까 마… 근데 있지요? 제가 어디까지 했지예?
편집자 : 인자 '남포동이 언제부터 부산의 중심지가 되었을까?' 그 이바구를 하믄 됩니더.

으흠, 부산의 역사는 '분할과 통합'이라는 두 가지의 시선으로 봐야 한다.

동래는 조선시대 23부제 아래 최고 지방 행정구역이었고, 현재의 수영인 경상좌수영은 경상 지역의 군역자를 총관리하던 곳이었다. 거기에 구평고개 너머의 다대진, 울산과 긴밀히 연계했던 기장현, 낙동강 유역 최고의 장터가 존재했던 구포, 그리고 임진왜란 때 일본군이 제일 먼저 쳐들어왔던 부산포까지….

이 모든 권역이 합쳐지고 더해진 것이 현재의 부산이고, 이 방대한 여러 곳의 역사가 뭉쳐진 곳이 현재의 부산인데… 왜 부산이라는 이름은 광역화되지 못하고 좁혀져만 가는 것인지 알 수 없는 노릇이다.

이제 본격적으로 질문의 답으로 다가가 보자. 바로 부산포와 왜관의 이야기이다.

부산포는 부산진성을 중심으로 하며 동래의 하위 구역에 들어갔지만. 첨사의 지휘 아래 독자적 체계를 갖춘 곳이었다. 심지어 그곳에는 1만 평 규모의 두모포왜관이 72년간 존재했고, 그 뒤를 이어 지금의 남포동과 부산역 권역에 초량왜관이 설치됐다. 심지어 그 규모는 무려 10만 평.

부산포 권역에 존재했던 두 왜관은 항상 전쟁의 기운이 감돌던 부산에 300년간의 평화를 선사했던 동아시아의 무역 허브였다. 다만 제국주의 일본에 의해 가장 먼저 침탈당했던 곳도 바로 이곳이라는 것이 문제였다. 1876년 제국주의 일본의 무력으로 인해 강화도 조약이 체결된 후, 1877년에 일본과 동래부사 간의 부산구조계조약이 체결된다. 조선시대 용두산 주변의 초량왜관을 최초의 일본 침탈지로 삼았던 것이다. 이곳이 바로 부산 일본인 거류지, 다른 이름으로 전관거류지라고 부른다. 이후 일본은 부산포 지역을 침탈을 위한 전초 기지로서 개발한다. 신식항구 건설과 바다 매립, 철도 건설, 온천 개발, 전기회사와 발전소 설립 등등 부산포, 그러니까 좁은 의미의 부산은 신문물의 도시로 거듭나게 된다.

특히 전기 발전소는 도시 발전에 큰 역할을 한다. 용미산(현 롯데백화점 광복점 자리) 부근에 우리나라 두 번째 전기회사이자 최초의 일본인 전기회사인 '부산전등(주)'이 설립된 것을 시작으로 부산은 전기가 풍족하고 가로등이 들어서는 도시로 발전해 나

• 1936년 부산부청과 영도다리 ⓒ부경근대사료연구소

간다.

부산이 근대 신도시로 발전한 이유는 앞에서도 말했듯이, 일본 침탈 전초기지 목적의 개발이었다. 하지만 이러한 발전 사업을 이룬 노동력 대부분은 전국에서 모여든 조선인이었다. 거기에다 일본으로 떠나기 위해 부산으로 온 사람들, 그리고 일본 진출에 실패해서 부산에 눌러앉은 사람들까지…. 좁은 의미의 신도시 부산은 그렇게 급속히 인구가 늘어나기 시작했다. 부산진성으로 한정됐던 부산포는 어느덧 영도에 송도에 광복동과 남포동에 부산역, 차이나타운과 현재의 초량 지역, 부산진역, 부산진시장, 조선방직이 있는 조방앞까지 그 범위가 확대되기에 이르렀던 것이다.

한국전쟁 시절 피란민들이 부산으로 몰려온 이유는 여러 가지일 것이다. 그런데 과연 언제든 해외로 빠져나갈 수 있는 신식 항구가 있는 도시란 이유가 큰 지분을 차지할까? 소설가는 그렇게 생각하지 않는다. 당시 부산은 최신시설의 부두, 철도, 공장과 문화 인프라가 있는 도시로 인식되었다. 단지 따뜻하고 안전한 곳이기만 하면 된다는 식이면, 서쪽 땅끝마을에도 피란민들이 가득 들어차야 했다. 언제든 일자리를 구할 수 있어 먹고 살 수 있는 신도시의 이미지는 목적지 없는 피란민들이 목표로 삼기에는 안성맞춤이었을 것이다. 하루에도 몇 번씩이나 거대한 교각을 들어 올린다는 영도다리가 있는 부산! 부산으로 몰려든 수많은 이의 머릿속에 영도다리는 헤어진 이와의 만남도 있겠지만, 아마도 새로운 희망을 상징하는 아이콘이 아니었을까?

초량왜관은 어떤 곳이었을까?

이번에는 시간을 더욱 거슬러 가서 부산의 스펙터클했던 역사, 초량왜관을 본격적으로 살펴보려 한다. 자, 독자 여러분 소설가 길남 씨를 따라와 보입시데이!

숙종 4년에 완공된 초량왜관은 그 규모가 약 11만 평에 건설기간 3년, 건설에 동원된 조선인만 연인원 125만 명, 일본인 기

• 〈초량왜관도〉, 변박, 1797, 중앙박물관 소장

술자는 약 2천 명 참여라는 어마어마한 기록을 남기고 있다. 부산포는 초량왜관이 들어서면서 바야흐로 동북아 최대의 중계 무역지로서 그 역할을 담당했다.

당시 동아시아는 은을 중심으로 하는 '은 본위 사회'였다.

일본의 은화는 그 중 가장 순도가 높기로 유명했다. 일본의 은화 경장정은은 무려 그 순도가 8할 이상이었다. 부산포의 왜관은 그런 경장정은이 물밀듯이 밀려온 곳이었다. 심지어 일본의 도쿠가와 막부는 일본의 모든 은이 모두 초량왜관으로 갈 수 있도록, 그러니까 은 물량의 100%를 초량왜관에 집중시켰다. 지금 시대의 금이나 달러 같은 역할이었던 은이 초량왜관으로 쏟아졌던 것이다. 당연히 모든 물품과 자본이 초량왜관으로 집중됐다. 중국에서 수입한 비단, 조선의 인삼, 생사, 쌀 등의 물품이 일본으로 넘어갔고, 그 대신 유황, 염초, 조총, 일본도 등의 무기 위주의 물품과 순도 높은 은이 조선으로 유입됐다. 이제 우리는 장보고의 청해진보다 몇십 배, 몇백 배 규모로 컸던 동아시아 무역 허브 초량왜관을 재조명해야 할 때이다.

초대형 외국인 구역인 초량왜관에는 매월 여섯 번(3일·8일·18일·23일·28일)시장이 열렸는데 상주하는 왜인 500여 명에 임시 숙박하는 일본인, 동래부의 문무·대소 관원 및 그 가족까지 합해 적어도 약 3,000명, 장날에 모여드는 조·일의 상인과 그 관계인, 지키는 군인, 그리고 주변의 주민들까지 생각한다면 그 규모가 엄청났음을 가히 짐작하고도 남는다.

소설가 길남 씨는 버림받은 역사가 아닌 조선과 부산의 자랑스러운 역사였던 초량왜관을 조금이라도 더 부각하기 위해 최선을 다해 글을 쓰는 중이다. 그 이유는 단 한 가지. 초량왜관을 삭제한 반쪽의 역사가 현재 부산의 역사가 아님을 이야기하고 싶어서다.

다시 제일 처음으로 돌아가 남포동은 언제부터 부산의 중심지가 되었는지 이야기해보자.

남포역 건너편에 있는 롯데백화점 자리는 원래 부산시청이 있던 자리였다. 남포동의 행정구역은 가운데 중(中) 자를 쓰는 중구로, 남포동 곁에는 중앙동이 위치하고 있다. 이는 일제강점 시절 행정의 중심을 이곳에 두며 생겨난 명칭이다.

하지만 우리는 일제가 우리 땅을 강점하며 가장 먼저 빼앗은 곳이 바로 초량왜관이었고, 이곳을 서둘러 전관거류지(일본인 거류지)로 바꾸었단 사실을 상기할 필요가 있다. 이 과정에서 초량왜관은 일본 침략의 교두보였다는 오명을 뒤집어쓰게 되었고, 지금까지도 그 오해는 이어지고 있다.

왜관은 절대 부끄러운 역사가 아니다. 초량왜관은 일제의 조선침략 1순위가 될 정도로 중요한 곳이었다. 이런 사실은 조선시대 동래부사청의 대문인 동래독진대아문(東萊獨鎭大衙門)에도 잘 나타나 있다. 이 문은 동래가 경주 진영에서 독립했음을 알리고 있는데 오른쪽 기둥에 쓰인 문구에 주목할 필요가 있다.

교린연향선위사(交隣宴餉宣慰司).

동래부가 일본 사신을 접대하는 관아라는 것을 알리는 문구이다. 동래부가 왜관을 얼마나 중요하게 여겼는지, 부산포가 외교적 요충지로 어떻게 기능했는지를 잘 보여주는 예이다. 왜란 이후 약 300년이 넘도록 조선과 일본이 평화를 유지할 수 있었던 결정적 이유가 바로 왜관이다. 즉 초량왜관은 지워야 할 부끄러운 역사가 아니라, 조선의 뛰어난 외교·경제적 역량을 보여주는 대표적 사례라 할 수 있는 것이다.

• 동래독진아문

"왜관은 절대 부끄러운 역사가 아니다. 두모포왜관과
초량왜관은 후기조선 실리외교의 대표적 사례이며,
동아시아 최대의 무역 허브로서 그 역할을 담당했다.
왜란 이후 조일간 300년의 평화를 견인했던 부산의 왜관은
긍지와 자부심으로 기억돼야 할 우리의 역사이다."

동광동 왜관 관수가를 찾아서

자, 이제 길남 씨는 남포동에서의 짧은 도보여행을 추천하려 한다. 주제는 초량왜관 관수가.

남포역에서 광복동 패션거리로 진입해 조금만 가면 용두산공원으로 올라가는 에스컬레이터를 발견할 수 있다. 머뭇거리지 말고 타보자. 가만히 서 있기만 하면 어느새 용두산공원 입구에 도착할 수 있다. 그런데 여기서 잠깐! 공원 입구로 올라서는 계단 옆에서 초량왜관에 관한 표지석을 찾아보자. 거기엔 설명과 함께 조선시대 화가 변박의 <초량왜관도>가 그려져 있을 것이다. 여러분은 왜관의 수장이 거처했던 관수가(館守家) 바로 위에 서 있다고 볼 수 있다.

설명을 다 읽었다면 영도가 보이는 쪽으로 몇 걸음 옮겨 경관을 살펴보자. 덩치가 커다란 롯데백화점이 '벚꽃 무늬'로 치장을 하고 있을 것이다. 그 자리는 용두산과 짝을 이루었던 용미산 자리였지만 이제 그 흔적은 찾을 수 없다. 그곳은 초량왜관을 들고 나는 배들의 선창이 있었던 곳이었다.

그럼 이제 본격적으로 걸어볼까? 용두산공원을 뒤로 하고 표지석 오른쪽 아래 고즈넉한 길을 걸어내려가 보자. 그러면 복고풍의 교회와 여관이 나타날 것이고 등나무 덩굴이 우거진 길을 조금 내려가면 오른쪽으로 꺾는 지점에서 조선과 왜가 맺었던 '약조제찰비(約條製札碑)'의 안내판이 나타난다. 여기서 맺었던 약조가 기유약조인데 이 약조는 일제의 강제 개항 전까지 300

여 년간 지켜져 왔었다.

그 아래에서 더 내려가지 말고 SOYU 호텔로 바뀐 동남빌딩에서 오른쪽으로 꺾어보자. 그러면 카페와 모텔이 몇 개 나타나고 골목 끝에 'MU'라는 호텔이 나타난다. 바로 여기가 관수가(이후 일본영사관과 첫 번째 부산부청이 자리를 대신한다) 자리다. 그곳에는 아래로 내려가는 계단이 있는데 관수가로 통하던 계단의 흔적이라 할 수 있다.

자, 다음으로 이곳 관수가와 왜관 계단, 그리고 동광동에 얽힌 일제강점기의 깊숙한 이야기를 꺼내 볼까 한다. 아예 탐방대를 꾸려서 말이다.

동광동 계단에서

동광동 용두산공원 밑 주차장에 도착한 소설가 길남 씨. 그는 광복동·남포동 탐방대원들을 이끌고 있다. 소설가는 용두산공원의 부산타워가 정면으로 바라보이는 한 낡은 계단 앞에 선다.

"이 계단이 약 2~3백 년은 됐을 겁니다. 근대유산이라면 무조건 일제 잔재라고 우기던 시절이 있었습니다. 그렇게 작정하고 다 때려 부쉈던 부산에서 이 계단은 기적적으로 남아있는 거지요. 그런데 이 계단 바로 위가 바로 초량왜관 관수가(官守家)가 있던 자리입니다. 불과 5, 6년 전만 해도 일본식 건축으로 된 '부촌'이란 식당이 있어서 역사의 흔적이 조금 살아있었는데, 그

• 1909년경 부산 일본인민단역소, 부산이사청, 부산경찰서(왼쪽부터)
©부경근대사료연구소

자리를 갈아엎고 모텔이 섰지요. 바로 저 자리인데 관수가가 있던 자리에 일본 영사관이 먼저 들어섭니다. 그리고 일제강점기가 되면서 부산을 지배하기 위한 부산이사청(釜山理事廳 1905)이 들어섰어요. 그리고 그 자리에 이름을 바꾸어 첫 번째 부산부청(총독부의 역할 1910~1936)이 선 자리이기도 해요. 우리가 서 있는 계단 오른쪽 제네시스 노래방 자리가 일제강점기에 부산경찰서가 있던 곳입니다. 왼쪽 주차장 자리는 일본인 거류민단이 있었다고 해요. 이곳이 왜 동광동으로 불리냐고요? 왜관의 동쪽에 있는 동관이 있던 자리라 해서 동관동이라 불렀다고 해요. 경상도 발음은 다 아실 겁니다. 발음을 쉽게 하도록 변천하며 동광동이 되었단 설이 있습니다."

고깃집 '부촌'은 헐렸지만 사장님은 그 자리의 역사적 의미를 잘 알고 있었다. 사장님은 중구 대청로 중앙동2가에 '관수가' 라는 이름의 고깃집을 운영하며 그 역사적 의미의 뒤를 잇고 있다. 식당 내부에 커다랗게 장식된 <동래부사접왜사도(東萊府使接倭使圖)>가 그 명맥을 유지하고 있음을 잘 알려준다.

• 관수가계단 정면, 왼쪽 사진의 계단이 그대로 남아있다.

소설가는 동광동 옛 계단의 왼쪽으로 향한다. 그러자 초량왜관 관수가(官守家)에 대한 설명이 적힌 표지판이 보인다. 길남 씨는 계단 오른편에 또 하나 서 있는 표지판으로 향한다. '박재혁'

이란 이름이 눈에 들어온다. 부산사람의 기개를 보여주었던 독립투사 박재혁 의사를 부산에 살면서도 모르는 이가 많다. 소설가 길남 씨는 『마마마, 부산』에서 아예 한 단락을 꾸며 그의 흔적을 좇을 예정이다.

자, 지금까지 동광동 옛 계단에 대해 알아보았다. 이곳이 얼마나 많은 의미를 담고 있는 장소인지 실감이 가시는지?

이 계단은 동아시아의 무역 허브인 왜관의 심장부이자 일제 침략을 가장 먼저 겪어야 했던 곳이자 우리 민족과 우리 부산의 어두운 역사가 가장 구체적으로 담긴 곳이다. 또 박재혁 의사의 부산경찰서 투탄 의거 덕분에 우리 민족과 우리 민중의 항쟁 정신이 가장 잘 구현된 곳이기도 하다.

길남 씨는 이 계단을 잘 보존해야 한다고 생각한다. 그것도 제발! 근대유산이라면 보이는 대로 다 쌔리 뿌사놨으니… 이젠 남은 거라도 제발 좀 잘 보존해야 하지 않을까? 일단 부산시 등록문화재로 올려놓는 것이 급선무다. 부산의 근대 역사를 이렇게 잘 보여주는 곳이 대체 어디 있단 말인가!

부산부청과 시청, 그리고 백화점

그렇다면 부산부청은 이곳에서 계속 자리했을까? 아니다. 일제는 더 많은 수탈과 탄압을 위해 신 부산부청을 현재의 롯데백화점 자리, 그러니까 당시 용미산을 없앤 자리에 건설한

• 부산(구)시청의 모습 ©nizzie 블로그

다. 청사 기공일은 기록상 1934년 12월 23일이지만, 1936년 3월 31일이 되어서야 새로운 청사는 완성된다. 바로 이 부산부청은 일제강점기가 끝난 해방 이후에는 부산시청으로 사용된다. 1950년 한국전쟁이 나고서는 임시정부청사로, 한국전쟁 후에는 다시 부산시청으로 몇십 년간 사용되지만, 부산 인구가 400만 명에 이를 정도로 커지자 행정처리에 한계를 보인다. 결국 부산시는 거제리에 새로운 부지를 마련하고 부산시청과 부산지방경찰청을 1998년에 이전했다. 그리고 비어버린 부산시청 터는 일본 그룹인지 한국 그룹인지 묘하게 헷갈리는 롯데가 백화점을 세워 운영하고 있으니…. 운명의 장난이 살짝 지나치다는 생각이 드는 장면이다. 용미산 자리는 약 100년이 넘는 세월 동안 우리 민족의 아픔을 고스란히 받아낸 상징적인 공간이라 할 수 있다. 문득 길남 씨의 뇌리에 부산진구의 하야리아 부대가 스쳐 지나가는 것은 왜일까? 우리는 용미산 자리의 의미를 잊지 않도록 기억해야 할 것이다.

부마민주항쟁과 남포동 집결

소설가 길남 씨와 탐방대는 동광동 계단에서 조금 내려와 부산데파트 앞으로 이동했다. 차로 건너편으로 롯데백화점이 커다랗게 자리하고 있다.

"설명한 대로 이곳은 부산의 중심이었습니다. 사실 부산은 구도심인 동래 지역과 신도시인 부산 지역으로 나눌 수 있습니다. 하지만 2000년대 초반까지 번화가는 이곳 광복동이 앞서 있었죠. 특히 행정의 중심인 부산시청이 여기 있었고, 언론사도 문화방송과 국제신문이 이곳에 있었어요. 그러다 보니 1979년 부마민주항쟁에서 흥미로운 일이 벌어집니다."

부마민주항쟁은 야도(野都)이자 민주운동의 성지였던 부산과 마산의 시민들이, 독재를 타도하고 나섰던 뜨거운 민주화운동이었다. 당시만 해도 부산과 마산이 움직이면 나라가 바뀐다는 인식이 있었다. 그리고 정말로 그랬다. 부마민주항쟁은 아시다시피 1979년 10월 16일 부산대 학생들이 독재 타도를 외치며 거리로 뛰쳐나오면서 시작된다. 그런데 동래경찰서까지 이어지던 시위는 경찰의 진압으로 잠시 중단된다. 그때 시위를 중단한 학생들은 서로에게 이렇게 외친다.

"남포동으로!"

"오늘 저녁 남포동에서 만납시다!"

부산대에서 시작해서 뜨거운 열기를 이어갔던 시위대는 왜 갑자기 타임을 선언하고 남포동으로 집결했을까?

답은 사실 간단하다. 사람이 많아서, 시청이 있어서, 언론사가 모여있어서… 등등. 하지만 소설가는 그 답을 중앙동, 동광동, 남포동, 광복동 지역에 깊숙이 숨어있는 역사적 원인에서 찾아야 한다고 생각한다. 현재 부산의 역사가 시작된 곳이기에 자연스레 역사적 사건의 중심이 이곳으로 옮겨왔던 것이다.

중앙동, 그 흘러간 낭만이여

남포동 탐방을 이야기하던 소설가 길남 씨. 이제 이야기를 옛 시청이 있던 중구로 잠시 돌리려 한다.

현재의 롯데백화정 광복점이 사실 중앙동이란 사실은 앞에서 언급한 바 있다. 이 롯데백화점이 있던 위치는 바로 부산시청이 오랜 시간 자리하고 있던 곳이다. 시청이 어떤 곳인가? 행정과 관련한 모든 인력과 시설들이 함께 있고, 그에 따른 제반 인프라가 모두 따르는 곳이다. 하물며 대한민국 제2의 도시인 부산의 시청이 이전한다는 건 초특급 사건이 아닐 수 없었다. 대신동 부근의 법원까지 거제리로 넘어가면서 이곳 원도심의 격변은 어마어마했다. 변호사·법무사 사무실, 언론사, 인쇄소, 식당, 하다못해 포장마차까지…. 그 모든 것이 시청의 뒤를 따라 떠나갔던 것이다. 적어도 부산이란 세계의 판도가 뒤집히는 사건이었단 말씀.

현재의 중구는 별로 기분 좋지 않은 전국 1위를 달고 있다. 전국에서 면적이 가장 좁은 기초자치단체(2.83㎢)이자, 전국에서 인구밀도와 출산율이 가장 낮은 기초자치단체가 바로 현재의 중구이다. 사실 60~70년대만 해도 이 좁은 곳이 원도심으로 작동하면서 인구 12만을 족히 기록하기도 했지만, 이제는 노령층이 대부분인 곳이 되어버렸다. 선거구의 역할도 하지 못해 20대 총선부터는 영도구와 통합되어 선거를 치르고 있기도 하다.

하지만 중앙동은 역할이 분명한 곳이다. 40계단 부근의 인쇄골목은 예전보다는 못하지만, 여전히 인쇄기가 열심히 돌아가는 곳이다. 또 중앙대로 건너에는 해운과 원양어업, 여행과 관련한 회사들이 아직까지 기세 좋게 운영된다. 또 회사원이 퇴근하더라도 저녁의 중앙동은 나름의 낭만과 활기를 띠고 있는 편이다.

또 중앙동 하면 빼놓을 수 없는 것이 이곳을 중심으로 한 예술·문화의 에너지는 전국 어느 곳에 비교해도 뒤처지지 않는다. 10년이 훨씬 넘게 운영되고 있는 원도심 창작 공간 프로젝트 '또따또가'는 아직도 여전하고, '전망', '해성', '백년어서원' 등

출판사와 인문 단체가 자리하고 있으며, 많은 예술인들이 이곳을 구심점 삼아 움직인다.

또따또가의 예술인들로 되찾았던 중앙동의 활기는 한때 몇몇 건물주의 욕심에 위기를 맞이하기도 했다. 낡은 건물 속에서 희망을 찾고, 중앙동에 활기를 불어넣었던 예술인들이 쫓겨나고 건물세가 올라가는 현상, 즉 젠트리피케이션의 낌새가 여기저기 피어올랐던 것이다. 하지만 중앙동은 다른 곳과 달랐다. 많은 이의 관심과 저항 덕에 아직 중앙동은 원도심의 낭만이 살아있는, 그러니까 사십 계단의 낭만이 살아있는 동네다. 저녁에는 약간 한산하지만, 대낮의 사십 계단 앞 광장은 파리의 몽마르트르 못지않은 카페거리로 변모한다.

길남 씨는 이곳 중앙동의 부광돼지국밥(이곳은 4대천황이란 TV 프로그램에까지 나와 유명세를 치르기도 했다)에 종종 들르곤 했었다. 여기 돼지국밥집 사장님은 대단히 여성적인 목소리를 가진 분인데(탤런트 이정섭 씨를 떠올리면 된다), 이야기가 그 집 국밥처럼 감칠맛이 철철 흘러넘쳤다. 그가 건네던 돼지국밥과 따스한 말에 가난한 소설가는 항상 에너지를 얻곤 했었다.

벌써 5년 전의 에피소드다. 당시 길남 씨는 생계에 쫓긴 나머지 글을 접고 생활전선에 뛰어들어야 했었다. 펜은 던져놓고 마트 족발 코너로 끌려가 칼을 잡아야 하는 디데이 바로 전날, 그는 다섯 살 난 딸을 데리고 굳이 핑계를 만들어 중앙동에 갔었다. 왠지 그 동네에 가야 갑갑한 가슴을 달랠 수 있을 것만 같았다. 왜냐고? 이유가 있나? 중앙동은 원래 그런 곳이니까….

사소한 볼일을 마치고 오후 4시쯤 찾았던 국밥집에서 그는 국밥 하나를 시켰었다. 이른 저녁이라 딸과 먹기에 두 그릇은 좀 부담스러웠던 탓이었다. 그런데 웬걸? 국그릇이 두 개가 왔고, 밥도 두 공기였다. 놀라서 사장님을 쳐다보자 그는 웃음으로 답을 했었다.

"대자로 좀 담았어요. 호호호. 아휴, 이쁘네. 많이 먹어. 우리 애기."

당시 가슴에 구멍이 뚫린 듯 허했던 길남 씨. 그는 사장님의 배려에 좀, 아니 많이많이 찡했었다고 고백한다. 소설가는 그때의 따뜻함을 아직도 간직하고 있다. 그래, 그런 게 바로 부산 중앙동의 낭만이었는지도….

남구 문현동에 산다던 그는 같은 남구에 사는 소설가와 가끔 버스에서 마주치곤 했었다. 그는 항상 건강하고 즐거운 목소리로 인사를 하고는 말을 건넸다. 한 번은 취재를 겸해 중구와 중앙동에 대한 소회를 여쭌 적이 있었다. 그는 그때 이렇게 말했다.

"내가 여기서 장사를 한 30년 했지요. 10년 전 문현동으로 이사 갔는데, 아들이 영화를 보러 서면이나 해운대, 뭐 이런 데로 간다는 거야. 근데 난 모르겠어. 왜 옛날에는 영화 보고 데이트하고 술 한 잔 먹는다면 남포동, 광복동이 제일 먼저 떠올랐잖아? 부산극장, 왕자극장, 부영극장, 제일극장… 극장도 참 많았고, 대리점이니 식당이니 뭐 하나가 있어도 제대로 된 게 모여 있었는데 말이야. 요즘 경기가 죽었니 살았니 해도, 난 어쨌든

중앙동 사십계단에서 바라본 거리

여기가 참 좋아. 광복동, 남포동, 중앙동…. 뭔가 분위기가 있잖아?"

그의 목소리와 이야기를 기억하며 한 마디 한 마디 적어가는 지금, 길남 씨는 많이 슬프고 울적하다. 중앙동과 원도심의 정취가 갈수록 사라져가듯, 사장님도 그렇게 조용히 떠나가셨기 때문이다. 코로나19가 한창이던 어느 날, 길남 씨는 부광돼지국밥이 있는 골목을 지나치다 고개를 갸우뚱했다.

"여기 사장님 혹시 아프시나? 다른 분이 장사를 하노?"

"어? 몰랐어요? 여기 사장님 돌아가셨잖아요. 좀 됐는데?"

"뭐, 뭐?"

"여기는 지금 가족분들이 이어서 영업을 한다고 들었어요."

충격을 받은 길남 씨는 잠시 말을 잊고 말았다. 먹고 사는 전쟁에 지쳐서, 또 오랜만에 찾더라도 이상하게 문이 닫혀있어 국밥집을 찾지 못한 핑계도 있었다. 하지만 무언가 보답하지 못한 마음과 그리움, 그리고 안타까움이 함께 치밀어 올라왔다. 사장님은 그 자리에 그대로 계실 줄만 알았던 길남 씨였다. 버스에서 만났을 때 자부심이 넘치는 얼굴로 하시던 말씀이 귀에 쟁쟁하게 들려왔다.

"나는 항상 새벽에 일어나서 운동하고 목욕탕에 갔다 와. 그러고는 중앙동 가게로 바로 가지. 뭐 이렇게 일찍 가냐고? 아휴, 내가 그렇게 빨리 가서 준비해야지. 그래야 사람들이 일찍 와도 든든하게 먹고 가잖아? 나 없으면 밥 굶는 사람 여럿 있어. 호호호!"

소설가의 눈시울이 잠시 붉어지고 가슴이 먹먹해졌다. 하늘을 바라보자 뭔가 허전한 느낌이었다. 저 하늘의 별처럼 반짝이던 중앙동의 낭만 하나가 또 하나 사라졌기 때문인지도 모를 일이었다.

2부

마!
고마 치아라

박재혁
의사

당신은 박재혁 의사를 아시나요?

어느 날이었다. 소설가 길남 씨는 카톡으로 이런 질문을 받는다.

"작가님, 박재혁 의사의 무덤이 좌천동에 있었다고 하는데 어딘지 알고 계세요? 제가 글을 쓰려고 자료조사 중인데요. 저번에 강의하실 때 증산공원 부근 공동묘지 얘기도 하셨고, 또 금성고등학교를 나오셨다고 해서…."

난데없는 질문이었다. 그런데 상당히 난감한 기분에 휩싸이는 소설가….

뭐, 고작 고등학교 3년 다녔다고 좌천동을 다 알 리 만무하다. 또 정확한 건 아니라며 "좌천동 증산공원 부근에 공동묘지가 있었고, 동물원도 있었다는 이야기를 듣기는 들었는데요…" 라며 최선을 다해 대답했을 뿐이다. 말하자면 크게 책임질 만한 구석은 없었던 상황. 그런데! 기분이 미묘하게 난감해지더니 급기야 이상한 죄책감마저 스멀스멀 올라오기 시작하는 것이 아닌가? 길남 씨는 결국 참지 못하고 인터넷으로 폭풍 검색을 시작했다. 카톡의 답을 찾으려는 이유도 있었지만, 요상하게 밀려온 죄책감을 씻기 위한 행동인지도 모른다. 아니, 그보다 '요상한 죄책감'의 정체를 바로 알아챘기 때문인지도….

가슴 저편에서 서서히 반복되더니 자꾸만 울려오는 그 이름, 박재혁!

• 박재혁 의사

길남 씨는 그에 대해 알고 있는 바가 거의 없었다. 고등학교 3년간 좌천동을 뻔질나게 돌아다녔으면서도, 그곳 출신의 독립투사 박재혁에 대해선 전혀 깜깜했었다(사실 이 부분이 요상한 죄책감의 가장 큰 원인이라 할 수 있다). 사실 그의 이름을 처음 접한 것은 고등학교에서 20년을 더한 마흔이 조금 지나서였다. 장편소설 『두모포왜관 수사록』을 집필하던 12년 동안 부산을 어지간히 돌아다니고 공부했던 길남 씨는 어느 순간부터 박재혁 의사 이야기를 언뜻언뜻 접하곤 했다. 이를테면 독립투사들의 이야기를 그린 영화 〈암살〉의 주인공 중 한 명이 그를 모델로 삼았다는 기사를 본 적 있었고, 박재혁 평전이 오마이

뉴스에 60회 이상 연재됐다는 소식도 들었고, 또 그가 주인공인 동화가 나왔다는 소식도 접했다. 더 구체적으로 나가자면 부산 동구 범일동 KT 남부산지사 앞 사거리에 '박재혁 거리'라는 표지판이 붙어있는 걸 본 적 있었고, 또 동광동의 초량왜관 관수가 계단에 박재혁 의사를 기리는 '박재혁 의사 부산경찰서 투탄 의거' 안내판도 몇 번 마주친 적 있었다.

그러나…, 그게 전부다.

더 이상 알지도 못했고 지금도 별로 아는 것이 없다. 그가 어떤 사람인지, 뭘 했는지, 경찰서장에게 폭탄을 투탄 —이것도 안내판을 보고 나서야 알았던 사실이지만— 했다는데 왜 그랬는지, 범일동 부근이 왜 박재혁 거리가 됐는지, 그리고 지정된 그 거리에서 도대체 박재혁에 대한 무언가를 찾아볼 수 없는 이유는 무엇인지…, 도무지 아는 게 없다!

사실 이건 길남 씨에게만 한정된 얘기는 아니다. 대부분의 부산사람이 그의 이름을 낯설게 느끼고 알지 못한다. 또 지역에서 일어난 거사인 관계로, 독립운동사 연구에서도 단 몇 행(行)으로 박 의사의 의거를 처리하거나 아예 제외해버린 경우가 많았다. 하긴 전국구로 널리 알려진 독립투사의 업적도 무시하고 폄하하는 꼬라지가 마, 지금 쌔리 마! 대한민국의 현실이 되어 버리지 않았는가! 이렇게 지역의 독립운동가에게 무지하거나 무관심한 현상이 요즘 이노무 세상에선 당연한 일이 된 건지도 모를 일이다.

그랬다. 길남 씨의 죄책감은 이러한 부분에서 비롯했다. 서두가 길다고 탓하지 마시라. 소설가는 이렇게나마 박재혁이라는 이름을 각인시켜 놓고 여행을 떠나보려는 거니까…. 그렇다면 자, 소설가 길남 씨가 독자 여러분께 묻습니다.

"여러분, 혹시 박재혁 의사를 아시나요?"

영화 〈친구〉의 거리에서 박재혁을 찾다

소설가 길남 씨는 가을이 다가오는 9월의 어느 일요일, 버스로 이동하던 중 부산진성공원에서 하차했다. 그는 '박재혁 거리'를 본격적으로 거닐어 볼 심산이다. 옛날 옛적 한 옛날에 전화국이라 부르던 건물은 이제 KT 남부산지사로 불리고 있는데,

• 범일교차로 사거리, 박재혁거리 이정표가 있다

범일 교차로 사거리 앞에서 '독립운동가 박재혁 거리'라고 적힌 갈색 도로명 주소 이정표를 확인할 수 있었다.

오호라, 여기가 바로 박재혁 의사의 거리라는 말이지!

그런데…, 뭐 그것 말고는 없다. 도대체 여기에 뭐가 있다는 거지? 그 흔한 안내판이나 기념 장식물조차 찾아볼 수 없다. 그냥 아무 생각 없이 이곳을 박재혁 거리로 지정하진 않았을 테고…. 길남 씨는 발걸음을 어디로 향해야 할지 혼란스럽다. 박재혁 거리에서 박재혁을 기념하는 무언가를 찾아내기가 이렇게 어려울지 누가 알았단 말인가?

길남 씨는 헷갈린다. 박재혁 거리에서 무작정 헤매며 박재혁 찾기를 할 것인가? 아니면 인터넷 검색 결과 '부산 동구 범일동 550번지(자성로103번길 4-5)'라고 알려진 박재혁 생가터로 향할 것인가?

일단 주소가 있으니 지진이 일어나지 않는 한 생가는 어떻게든 찾아갈 수 있을 것이다. 소설가는 박재혁 거리에서 박재혁 찾기를 시도해보려 한다. 한 매체에서 2018년에 취재한 바에 따르면 이정표 부근에 안내판과 사진이 있다고 하는데 도무지 찾을 수가 없다. 휴대폰 속 기사의 작은 사진을 확대하고 정밀 비교분석한 결과, 이정표 앞에 있던 안내 해설판도 지금은 사라져 버렸다는 사실만 확인했을 뿐이다.

이야아, 정말 대단하도다! 이곳을 '박재혁 거리'로 '명명'만 했을 뿐이지, '조성'할 생각이라고는 아예 눈곱만큼도 없었구나! 길남 씨는 그 사실을 확인하고 만 것이다. 슬며시 입에서 욕이 튀어나오기 시작하는 소설가. 가을이 왔다고 해도 쏟아지는 햇발이 따갑다. 온도를 확인해보니 27도. 아직 여름이 저 멀리 떠난 것 같지는 않다. 그렇다고 포기할 수는 없다. 길남 씨는 희미한 기억을 좇기로 한다.

어느 비 오는 날의 조방 앞이었어. 장동건 오빠가 호박나이트 앞에서 "마이 묵었다 아이가." 하던 날처럼 비는 주룩주룩 내리고 있었어. 술에 젖고 비에 젖고 감상에 젖었던 나는 무슨 장어구이인가에 3차를 하러 갔어. 시간은 12시를 향하고 있었고 가게는 이미 문이 닫힌 상태였지. 난 좌절한 나머지 고우영 화백의 〈삼국지〉 장비처럼 '샤파, 초우카네!'를 외쳤었지. 그때였어! 가게 앞 거리 화단의 담장에 시선이 고정된 것은. 왜냐하면 가게에서 쌓아놓은 쓰레기봉투 사이로 누군가의 눈과 내 눈이 마주쳤지 뭐야? 난 깜짝 놀라서 한참 쳐다보았지. 그건 벽에 그려진 벽화였어. 그리고 그 곁에 무슨 설명이 막 있었는데….

박 뭐시기, 독립투사…, 경찰서장 투탄…, 의열단이 뭐라 뭐라….

오호라! 소설가 길남 씨는 자신의 대뇌피질이 아직 쓸만한 것에 대견해하며, 곧장 영화 속 국제나이트(호박나이트) 자리로 향한다. 조방로로 들어서자 천막 덮인 포장마차가 쫙 깔려있고, 예전 국제호텔은 리모델링으로 새 단장이 되어있다. 그 유명했

• 박재혁 열사 안내 표지

"박재혁 거리에서 박재혁을 기념하는 무언가를 찾아내기가
이렇게 어려울지 누가 알았단 말인가?"

던 영화 속 레전드 배경조차 세월이 흐르니 서서히 바뀌어 가는 것이다. 상전벽해로고….

영화 〈친구〉의 거리에서 박재혁 거리의 흔적을 찾는 소설가는 아이러니함과 세월의 무상함을 동시에 느낀다. 어쨌든 이곳이 박재혁 의사와 우연히 마주쳤던 그 길이 분명하다.

"장어집, 장어집, 장어집…!"

초조한 길남 씨의 중얼거림. 조방 앞은 조방낙지로도 유명하지만 장어집도 제법 많다는 사실. 빗속의 길가 장어집을 기억하며 범일2동 범일로를 탐색하던 소설가는 마침내 '앗싸!'하고 주먹을 불끈 쥔다.

장어집은 '통영OO숯불장어'. 그리고 그 앞에는 허리 정도까지 낮은 담장으로 둘러싸인 화단이 자리했다. 차로 반대편에, 그러니까 가게를 마주하는 인도 쪽 담장에 박재혁 의사의 초상과 안내 문구가 적혀 있었다.

'독립운동가 박재혁(1895~1921)'

소설가 길남 씨는 '박재혁 거리' 말고 '친구의 거리'에서 드디어 박재혁 의사의 흔적을 찾아내고야 만다. 다행히 이날은 의사의 초상 부근에 쓰레기봉투가 쌓여있지는 않았다. 대신 화단과 차로가 만나는 사각지대에 쌓인 쓰레기봉투는 여전했지만 말이다.

• 친구의 거리

박재혁 생가터, 정공단로를 찾아서

박재혁 거리로 다시 돌아온 소설가 길남 씨는 이제 생가를 향해 발걸음을 옮긴다. 조선통신사기념관 부근에 있다고 들었는데, 길남 씨는 일부러 자성대교회 방면 재봉틀 거리를 지나서 가려고 한다. 동구 자성대 미싱 거리는 시대의 흐름에 확연히 사그라진 모습이었다. 그러나 이제 이곳은 '부산진성 재봉틀 거리'라는 이름으로 개명하며 새로운 가능성을 엿본다. 도시재생뉴딜사업이 진행된 거리는 예전보다 깔끔해진 느낌이다. 무조건 갈아엎는 재개발이 아니라 골목의 특성과 산업을 이어가는 모습이 인상적이다. 마, 이런 건 좀 괜찮네! 소설가 길남 씨는 왠지 흐뭇하다.

가설라무네…, 그건 그렇고, 생가를 복원한다는 이야기가 제법 오고 갔던 것 같은데, 부근에는 표지판이나 안내판 하나 없다. '박재혁 거리'라는 이름이 정말 무색하다. 스마트 지도맵으로 한참을 끙끙거리던 소설가는 자성로 큰길가에서 몇 번이고 이 골목, 저 골목을 기웃거린다. 그러다 한 골목에서 생가를 대번에 알아본 길남 씨. 그가 대번에 알아본 이유는 단 하나다. 2017년 《국제신문》 기사*와 2018년 《시빅뉴스》 기사**에서 실렸던 박재혁 의사의 생가터 사진과 전혀 달라진 게 없어서다. 그 흔한 표지판 하나 없이 대문에는 '방 1칸 이백만 원'이라는 글씨가 휘갈겨진 종이만 붙어있다. 그동안 달라진 게 하나 있다면 집이 더 낡았다는 것뿐, 그 외엔 아무것도 없었다.

길남 씨는 서글퍼진다. 문득 6년 전 이곳 부근의 '조선통신사 영가대' 취재 때가 생각난다. 철도 담장과 길가 담장 사이의 쓰레기 더미에서 버려지다시피 했던 영가대 터와 기념비는 지금도 우중충한 회색의 이미지로 기억된다. (다행히 지금은 깨끗하게 복원되어 쌈지공원으로 조성돼 있다)

"아이고 마, 이건 뭐 더 심하네…."

역사란 지나가면 그뿐인 것이 아니다. 우리가 살아가는 지금이 만들어지기 위해, 그 얼마나 많은 시간들이 쌓여갔던 것일까? 우리가 가치 있는 미래를 꿈꾸고 쌓아가듯, 과거의 사람들

* 국제신문, "독립운동가 생가 표지석도 없이 방치…철거 위기도", 2017.08.16.

** 시빅뉴스, "박재혁 의사가 울고 갈 '박재혁 거리'…생가터 비어 있고, 거리엔 표지판만 덩그렁", 2018.04.16.

도 치열하게 무언가를 쌓아갔었다. 그리고 우리는 그 속에서 쌓아 올린 바른 가치와 의미들을 딛고 살아가고 있다. 우리가 우리 역사를 홀대하고 살피지 않는다면 지금 우리의 가치 또한 똑같은 취급을 받을 것이다. 역사가 없다면 우리도 없는 것이다. 길남 씨는 박재혁 의사의 생가터 부근을 살피다 쓸쓸하게 돌아선다.

• 박재혁 생가터(범일동)

여러 연구로 인해 의사의 생가터는 '좌천동 정공단(鄭公壇)로'라고 밝혀졌고, 그 주장에 힘이 실리는 것도 사실이다. 그리고 이곳은 그의 어머니와 동생이 살았던 곳이라고 한다. 하지만 박재혁 거리를 조성할 때 이곳 생가터를 기준으로 했으니 복원은 아니더라도 최소한 관리는 돼야 하지 않을까, 라는 생각이 드는 건 할 수 없는 노릇이다. 비록 이곳이 일반상업지역이라 별다른 제한을 할 수 없다는 사실도 알고 있지만 말이다. 어쨌든 '박재혁 거리'가 생긴 지 10년 가까운 세월이 흘러감에도 박재혁 의사에 대한 주목은커녕, 보존조차 힘들어 보이는 게 사실이다.

'의사 박재혁 비(碑)', 그리고 스러져간 불꽃

소설가 길남 씨는 생가터의 쓸쓸함을 도저히 견디지 못해 모교 금성고등학교 밑 정공단으로 발걸음을 옮긴다. 박재혁 의사의 또 다른 생가터가 있는 정공단로의 공용주차장은 일신기독병원 부근이다. 학창 시절 매일 다니던 길에 이런 역사가 있는지도 몰랐던 길남 씨다. 공용주차장이 없었던 1990년대 초에는 학생들이 많이 찾던 라면집이 그곳에 있었다. 추억과 함께 다시 쓸쓸함이 돋는 듯했지만, 공용주차장 앞에서 박재혁 의사의 안내판을 찾고는 안도의 한숨을 내쉰다. 이로써 글의 처음에 언급했었던 카톡 질문의 답을 찾은 셈이다. 참고로 좌천동 공동묘지는 지금의 증산공원 부근에 있었다고 한다. (그곳 성북시장 부근에는 동물원도 있었다는 깨알 같은 정보 추가!)

이제 소설가는 범내골로 향한다. 버스에서 내리고 동천을 건너서 신암 방면으로 가는 철교 밑을 지난다. 지난날 혜화여고 건물을 학원으로 사용하던 혜화문리학원 부지에는 고층 아파트가 들어선 지

• 박재혁 생가터(좌천동)

오래다. 드디어 부산진초등학교가 나타난다. 그곳에는 박재혁 의사의 비(碑)가 모셔져 있다. 1948년 10월, 사람들은 좌천동의 정공단 한편에 박재혁 의사의 비석을 세웠다. 이 비석은 1981년 5월, 박재혁의 모교인 부산진초등학교로 옮겨졌다. 육교를 지나 붉은 벽돌의 오래된 학교로 들어서니 건물 끝 담벼락에 의사의 비가 나타난다. 그나마 의사의 흔적을 잘 보존하는 듯해 심란했던 마음이 가라앉는다.

박재혁 의사.

투탄 당시 그의 나이 고작 스물다섯.

조국의 독립을 위해 자신의 목숨을 걸었던 의열단원.

1919년 3·1 운동의 좌절 속에서 스러져가던 독립운동의 불꽃을 되살린 독립투사.

악명 높았던 일제의 심장 부산경찰서의 서장실을 단독으로 찾아갔던 무모할 정도로 용감한 사나이.

부산경찰서장 하시모토 슈헤이에게 죽어야 하는 이유를 일일이 알려주고는, 죽음을 무릅쓰고 폭탄을 투탄했던 부산 범일동의 청년….

그는 일제에 의해 죽임을 당하기 싫다면서 부상과 고문의 몸으로 단식하던 중 대구형무소에서 생을 마감한다. 그의 시신은 1921년에 부산진역(당시 고관역)으로 송환되어 좌천동 공동묘지에 묻힌다. 그리고 약 40년이 더 지난 1962년, 대한민국 정부는

• 부산진초등학교에 있는 의사 박재혁 비

그의 공훈을 기리어 건국훈장 독립장을 추서한다. 그의 유해는 1969년 10월 20일, 서울 동작동 국립서울현충원으로 이장된다.

이제 소설가 길남 씨의 짧은 여행이 끝났다. 박재혁 의사의 모교이자 역사관이 있는 개성고등학교, 그가 청소년 시기를 보냈던 정공단로, 그리고 폭탄 투탄의 현장인 부산경찰서가 있는 동광동 관수가 계단의 이야기는 이번 탐방기에 다 싣지 못했다. 사실 박재혁 의사에 대한 더 많은 연구와 기록과 작품들이 많으니, 이번 기회에 한 번 찾아보시는 것도 좋지 않을까 싶다.

• 동광동 관수가 계단 오른쪽 부산경찰서 자리의 박재혁 의사 표지판

길남 씨는 인자 마, 그 요상한 죄책감이 진짜로, 쪼매는, 가시는 것 같다. 그래서 이 글을 거의 다 쓴 상태에서 성지곡 수원지의 박재혁 의사 동상을 찾아갔다. 동상을 의사의 고향인 범일동으로 이전하려다 여러 이유로 이곳에 그대로 두기로 했다는 기사를 읽은 적 있다. 시원한 수변공원에 모셔진 의사의 동상 앞에서 묵념하며 이 장소도 꽤 괜찮다고 생각한 길남 씨. 이왕에 조성된 동상은 그대로 두고 새로운 기념물을 만들어 의사의 업적을 더 알리는 게 맞지 않을까 싶다. 아직도 수많은 사람들이 용감하고 정의로웠던 부산 범일동 청년의 자랑스러운 기개를 잘 모르고 있지 않은가?

(사진 9) 초읍 성지곡 수원지의 박재혁 의사 동상

갑자기 마, 성질이 치솟는 소설가.

맨날천날 비리 덩어리 고층아파트만 해변에 지어 올릴 생각 좀 하지 말고, 제발 그놈의 케이블카니 뭐니 자연훼손 좀 하지 말고, 그나마 남은 부산의 산업이나 기업들 제발 넘의 동네로 쫓아내지 말고…,

마! 인자라도 정신 좀 차리고, 제발 영광스러운 부산의 역사와 문화에 투자 좀 하는 기 어떻는교?

끝으로 박재혁 의사가 부산으로 돌아오며 의열단장이었던 김원봉에게 마지막으로 보냈다는 편지의 문구를 남기고자 한다. 우리들의 이웃이자 다정한 형제, 사랑스러운 아들이었을 그가 남긴 의연한 글에 가슴이 저려온다.

어제 나가사키에 무사히 도착했습니다.
형편이 뜻대로 되어가니,
이 모든 것이 그대가 염려해 준 덕분인 듯합니다.
좋은 일이 있을 것 같습니다.
몸과 마음이 모두 즐겁습니다.
그대의 얼굴을 다시 보기는 어려울 것 같습니다.

• 초읍 성지곡 수원지의 박재혁 의사 동상

"우리가 우리 역사를 홀대하고 살피지 않는다면
지금 우리의 가치 또한 똑같은 취급을 받을 것이다.
역사가 없다면 우리도 없는 것이다."

강수영
열사

'초량 살림숲'에서의 단상

봄이 왔다고는 하지만 바람이 매서웠던 3월의 어느 날.

소설가 길남 씨는 부산 중앙동에서부터 진시장 방면으로 걷는 중이다. 봄이 정말 다가오는지 바람은 따뜻하면서도 선선하다. 길을 걷기엔 안성맞춤인 날이다. 초량시장에 이르자 오늘 같이 취재에 나설 조 피디에게서 전화가 온다.

"아아, 사무실 근처까지 왔는데 벌써 버스를 탔다구요? 으음, 그럼 보림극장 부근에서 봅시다. 저도 버스를 탈게요."

길남 씨가 머리를 긁적이며 버스 정류장으로 향하려다 초량시장 앞을 가로지르는 초량천과 그 앞의 커다란 조형물인 '초량 살림숲'을 바라본다. 초량 살림숲은 이 부근 주민들이 오랜 시간 간직했던 물건들로 쌓아 올린 여러 축이 모인 조형물이다. 하지만 색과 외형의 특색이 도드라져서 많은 사람에게 '흉물스럽

• 초량 살림숲, 온나 온나 모나 보나 (2022년)

• 버스 창가에 찍힌 초량살림숲 이전 모습(2023년)

다'는 평을 받았던 작품이기도 하다(이 조형물은 많은 논란을 불러일으켰고, 원고를 고쳐 쓰는 2024년 현재에는 부산현대미술관으로 이전했다).

예술작품의 의미가 어떠한지를 따지기 전에, 공공의 터에 들어선다면 처음부터 시민 의견을 꼼꼼히 수렴해야 하지 않았나 하는 아쉬움이 남는 장면이다. 그런데 한 가지는 뿌듯하다. 이렇듯 조형물 하나에도 시민의 의견이 수렴되는 세상 속에서 우리가 살아가고 있단 말이지?

소설가는 정발 장군 앞에서 신호등을 건너 중앙버스전용차로(BRT)에 세워진 정류장으로 향한다. BRT가 들어선 지도 벌써 2년이 넘어섰다. 이것도 말도 탈도 많았었던 도시계획이었지만 이젠 자리를 잡은 것 같다. 7년 전의 촛불혁명 때 도로 중앙의 아스팔트를 밟으며 "여길 언제 걸어서 지나가 보겠노?"하며 웃었던 기억이 나는데… 참 세상은 '상전벽해'스럽기만 하다.

범일동의 추억

소설가는 진시장 방면이 아닌 옛 교통부 방면의 버스를 기다렸다가 탄다.

"보림극장 앞이라…."

길남 씨는 중앙대로로 연결된 범일동 부근에 많은 추억을 가지고 있다. 살기는 남구에서 쭉 살았는데, 첫 영화를 본 곳은 삼일극장(첫 극장 영화가 살 떨리게도 사탄 어린이가 나오는 <오멘>이었다)이고, 어린 시절 가장 친했던 호남이가 이사 간 곳도 범일동이고, 고등학교도 어쩌다 보니 금성고등학교를 나왔다. 빈대떡에 막걸리를 처음 마신 곳도 범일동, 이본 동시 상영으로 샤론 스톤 언니의 <원초적 본능>을 본 곳이 삼성극장이었고, <장군의 아들>을 본 곳은 보림극장이었다. 이 세 극장은 세월의 흐름을 이

• 지금은 사라진 보림극장 전경

• 사라지기 직전 삼성극장 전경 (2011년)

기지 못하고 2006년 삼일극장, 2007년 보림극장, 2011년 삼성극장 순으로 모두 문을 닫는다.

그렇다면 오늘 이곳 범일동을 찾는 이유는 무엇인가? 사실 최종 목적지는 서면 부근에 위치한 경남공고이다. 현재 72회 졸업생을 배출하고, 1944년 처음 부산공립제2공업학교로 개교했던 역사 깊은 학교다. 그러고 보니 매일 지나치기만 했지, 단 한 번도 학교 안까지 들어가 보지는 못했던 곳이기도 하다. 아아, 그런데 다시 한번, 초량을 거쳐 이곳 범일동을 찾은 이유는 무엇인가?

그 답은 한 소년의 흔적을 찾기 위해서다. 그 이름은 강수영. 이제는 그 이름 뒤에 열사를 붙인다. 바로 4·19 혁명 중 부산의 시위에서 경찰의 총탄에 목숨을 잃었던 19세 청춘의 이름이다. 제대로 꽃 피우지도 못하고 눈을 감았던… 당시 경남공고 3학년에 재학 중이었던 강수영 열사. 하지만 이제 그의 이름을 기억하는 이는 많지 않다.

구름다리

길남 씨는 1960년 4월의 흔적과 강수영 열사의 흔적을 좇기 위해, 부산 범일동 보림극장이 있던 자리에서 조 피디와 만났다. 잠시 할매돼지국밥과 합천돼지국밥 중 어느 쪽이 더 나은가 토론이 벌어졌지만 여기선 생략하기로 한다.

"작가님, 구름다리가 길 건너 할매돼지국밥 있는 저쪽인가요?"

"아뇨, 그쪽은 이중섭 거리가 있는 쪽이에요. 우리가 가는 구름다리는 영화 <친구>에 나왔던 곳이에요. 현대백화점이 있는 조방 앞으로 가는 거죠."

• 범일동 구름다리 앞

부산에는 구름다리가 많다. 원래 바다와 산과 강이 많은 곳이니만큼 터널과 다리가 많은 고장이 부산이다. 그런데 하필 구름다리라니….

"부산역에서부터 이어지는 경부선 철도는 부산의 도심을 마치 강처럼 가로지었어요. 갈라진 두 지역은 지척인데도 왕래가 힘들었죠. 그래서 철도 사이를 잇는 다리가 생겨났는데 이를 구름다리라고 많이 칭했어요."

구름다리란 도로나 계곡 따위를 건너질러 공중에 걸쳐 놓은 다리를 말한다. 광안대교나 영도대교처럼 스케일이 큰 다리는 아니란 뜻이다. 특히나 매축지 마을과 진시장, 그리고 범일동의 철도를 걸치는 구름다리는 생활형에 가까운 인상이 강하다. 이 세 곳의 구름다리는 철도로 갈라진 두 지역을 연결하며 교통과 상업과 문회교류의 역할까지 담당하기도 했다. 특히 교통부 앞 범일동의 구름다리는 보수동만큼은 아니더라도 헌책방이 성행했고, 중고 전자상이 지금도 즐비하게 자리하고 있다. 교통부와 삼화고무(범표 신발), 보림극장, 삼일극장, 삼성극장 등 이곳은 한때 부산의 가장 번영한 중심지로 끗발을 날렸던 곳이었다.

• 구름다리 앞 헌책방골목

1960년의 4월, 이 구름다리는 부산의 민주항쟁에 커다란 역할을 한다. 자, 타임머신을 타고 그 시절로 떠나가 보자.

당시 부산에서는 이승만 정권의 3월 부정선거에 항거하는 시위가 3월 초부터 고등학생을 중심으로 시작되고 있었다.

"뭐? 대학생이 아니라 고등학생?"

이런 초보적 질문은 오늘 이후 제발 던지지 마시라. 1960년대만 해도 대한민국의 문맹률은 20%에 육박했었다. 또 국민학교(초등학교) 의무교육이 실시된 지 얼마 되지 않을 때였다. (혹자는 이승만 정권이 했던 유일한 치적이 의무교육이라 평하기도 한다.) 거기에다 중학교 입시가 있어서 재수생, 삼수생 나이 들어 진학하는 이가 많았고, 대학생은 극소수에 지나지 않을 때였다. 그러니까 당시의 고등학생은 오늘날의 성인 수준의 나이와 교육을 받았던… 그러니까 사회를 이끄는 지식인이었다는 말씀. 그런 의미에서 4·19혁명을 촉발했던 마산의 3·15의거의 김주열 열사(마산상고 입학 예정생)가 시위에 참여했던 것도 같은 맥락에서 해석할 수 있으리라.

어쨌든 이승만 정권의 부정부패에 대한 지역민의 불만과 저항심은 날이 갈수록 부풀어 갔는데, 이를 대변한 존재가 고등학생들이었다. 특히 대구의 2·28의거 소식은 부산과 마산의 학생들에게 전해지며 위기감이 점점 더 고조되어 가는 시점이었다.

여기서 잠깐! 2·28의거가 뭐냐고 물으시는 독자분을 위해 잠시 그 시절의 대구를 소환해 보려 한다.

대구 2·28의거

마산 3·15의거가 전국적 혁명인 4·19로 이어지는 흐름은 잘 알려져 있지만, 대구 2·28의거는 상대적으로 덜 알려진 게 사실이다. 하지만 당시의 대구는 또 한 번 상전벽해스럽게도 '동방의 모스크바'라 불릴 정도로 진보적인 도시였다. 《대구매일신문》은 이승만 정권이 가장 눈엣가시처럼 여겼던 언론이라는 평을 들을 정도였고, 수많은 섬유공장 노동자의 민주 의식이 매우 높았던 지역이기도 했다. 그런데 이런 도시에서 펼쳐진 이승만 정권의 3·15부정선거 꼼수는 말로 다 표현하지 못할 정도였다.

당시 대구에서는 토요일에 자유당의 선거운동이 펼쳐지고, 일요일에 민주당의 선거운동이 펼쳐지는 일정이 정해졌다고 한다. 그리고 토요일이 다가오자 이상한 일들이 벌어지기 시작했다. 모든 학교에서 단축수업이 실시되고, 각 공장에서는 조기 퇴근령이 떨어졌던 것이다. 그런데 더 요상한 건 바로 일요일의 일정이었다. 각 공장에 출근령이, 각 학교에선 등교령이 떨어졌던 것이다. 이날의 해프닝을 잘 표현한 글이 있어 그대로 인용해 볼까 한다.

• 대구 2·28의거 ©228민주운동기념사업회

경북고등학교는 갑자기 시험을 앞당겼고 대구상고에서는 난데없는 졸업식 송별회 연습이 거행됐다. 대구여고에서는 어설픈 무용대회가 펼쳐졌고 별안간 떨어진 소집령에 학생들이 반발하자 그럼 영화라도 보자고 애걸하는 곳도 있었다. 어떤 경북고등학교 재학생의 추억에 따르면 영화 단체 관람을 가기도 했다고 한다. 거기서 영화 <철도원> (추억의 이탈리아 명화)을 봤다고 한다. 하지만 이 핑계 저 핑계 가운데 으뜸은 대구고등학교였다. 대구고등학교 선생님들은 유달리 자연친화적이었던지 이 날 '토끼사냥'을 핑계로 제자들을 불러냈다. 몽둥이 하나씩 들고 산자락을 뛰어다니라는 것이었다.

(《딴지일보》 <산하칼럼> 「1960년 2월 28일 대구에서 타올랐던 불꽃」 中에서)

여기에 반발한 경북고등학교, 대구고등학교 등 8개 학교의 학생들이 독재와 불의에 항거해 경찰들과 대치하며 가두시위에 나선다. 이것이 바로 대구 2·28의거이다. 제1공화국 정부 수립 이후 시민들이 민주개혁을 요구했던 최초의 시위였고, 한국 민주화 운동의 시발점이 된 사건으로서 대구 2·28의거는 중요한 의미를 가진다.

자, 이제 부산 범일동 구름다리로 다시 돌아가 보자.

부산의 뜨거웠던 시간들

1960년 부산에서의 4월 혁명은 고등학생들로 시작됐다. 1960년 3월 12일 해동고등학교 학생들의 가두시위가 열렸고, 14일에는 범내골로터리에서 부산상업고등학교 등의 시위가 벌어졌다. 뒤이어 부산고는 1960년 3월 17일부터 10여 차례에 걸쳐 시위행진을 주도했다. 특히 3월 24일에는 삐라를 뿌리며 시청과 서면까지 진출해 경찰과 대치하기도 했다. 초량에서 서면까지 약 1,000명이 참여했던 이날의 시위는 큰 격랑을 일으켰다.

3월 말까지 경남고, 경남공고, 경남여고, 부산고, 동성고, 해동고 등 여러 학교가 시위에 참여했다. 덕분에 범일동 구름다리 주변은 하루도 시끄럽지 않은 날이 없을 정도였다. 학생들은 간선도로를 따라 범천동 구름다리를 건너 좌천동 입구까지 향하는 코스를 주로 이용했다.

4월 18일은 부산 4·19혁명 중 가장 규모가 큰 동래고 시위가 있었던 날이었다.

> 동래고등학교를 출발한 1,000명의 학생들과 주변의 학생들은 "김주열, 김영길의 죽음을 경찰이 책임지라"라는 삐라를 뿌리면서, "피로 찾은 민주주의를 정의로써 사수하자", "구속 학생들을 즉시 석방하라"를 외치면서 약 20km 가까운 거리를 여섯 시간 동안 질주하며 시위를 벌였다.
>
> (《국제신보》, 1960.4.18.)

경찰은 동래경찰서에서부터 거제리, 양정, 서면 등등 길목마다 방어선을 구축하고 진압했다. 하지만 학생들은 한데 뭉쳐 경찰의 저지선을 뚫고 범내골 로터리를 거쳐 구름다리를 건너 보림극장, 삼일극장까지 진출했다. 지금은 남구와 진구로 이어지는 조방앞의 범일로가 훨씬 더 번화가지만, 당시만 해도 교통부와 삼화고무(범표신발), 보림극장, 삼성극장, 삼일극장이 이어지던 중앙대로가 말 그대로 중앙이던 시기였다. 학생들은 그렇게 부산의 심장과도 같은 곳에서 연일 독재 정권의 민낯을 두드려댔다.

"부정선거 물리치고 공명선거 다시 하자."

"학원의 민주주의를 보장하라."

위와 같은 구호를 외쳤던 학생들에게 부산시민은 박수와 격

려를 아끼지 않았다고 한다. 하지만 이날 4월 18일은 경찰이 학생들을 향해 최루탄을 쏘았던 최초의 날이기도 했다. 그것은 비극의 서막이었다. 다음날이었던 4월 19일, 경남공고를 비롯해 데레사여고, 금성고, 동성고, 항도고, 부산공고의 학생 시위가 벌어지며 청춘들과 시민의 함성은 최고조에 이르렀다. 그런데 상상도 하지 못할 일이 벌어진다. 경찰이 최루탄이 아닌 총을 학생들에게 들이댔던 것이다.

• 부산 4.19 당시 강수영 열사의 모습

19일의 비극은 오전 경남공고 학생 500여 명의 시위로 시작된다. 학생들은 동천 옆 제일제당 방면을 거쳐 광무교(현재 서면역과 범내골역 사이의 다리, 한전 부근)에서 경찰과 대치한다. 경찰의 대응은 여태까지와는 확연히 다른 것이었다. 경찰은 소총을 들고 무차별 폭행으로 대응했다. 그렇게 경찰과 대치하던 중 경남공고 배현열 학생이 소총 개머리판에 맞고 광무교 아래로 떨어지는 사건이 벌어진다. 동료 학생이 피를 흘리며 손수레에 실려 돌아오는 걸 목격한 경남공고 전교생은 분노해서 일어선다. 일제히 거리로 나선 경남공고생에 동조하여 항고고(현 가야고), 동성고, 데레사여고, 금성고, 부산고, 부산상고(현 개성고), 혜화여고, 동래구의 동래고, 서구 동아고, 경남고, 영도구 해동고까지…. 시위는 부산의 전 고교생 시위로 확산된다. 3월 24일에 이루지 못했던 '전 부산학생 일동'의 시위가 드디어 이루어진 셈이었다.

서면로터리에서 범내골, 전포동에서 문현로터리, 그리고 자성대(현 부산진성공원)로 향하던 시위대는 당시에 과격 진압으로 악명 높았던 부산진경찰서의 경찰들과 대치한다. 그리고 상상치도 못한 총소리가 학생들을 향해 터져 나온다. 심지어 경찰의 총격은 정면이 아닌, 시위대가 후퇴하는 뒤쪽에서까지 자행됐다.

적이 아닌, 민주국가의 동량이 됐을 청춘들에게 쏘아졌던 그 총탄…!

이때 경남공고 강수영 학생이 배에 총탄을 맞고 순국하고 만다. 그때 겨우 19살이었던 강 열사.

길남 씨는 이 이야기를 듣고 난 후, 강 열사의 마지막 사진을 보게 됐다. 이제 19살의 순수하고 앳된 표정이 가슴 속 무언가를 울컥하게 만든다. 소설가는 뜨거워진 눈시울을 잠시 어루만져야 했다. 시위에 참여한 학생들 선두 맨 왼쪽에 서 있는 학생이, 바로 지금 언급했던 강수영 열사였다.

아아, 30분 후 자신의 운명을 모르는 소년은 애타는 눈빛으로 한 곳을 주시하고 있었다…!

당시의 현장을 자세히 기록한 《부산일보》 기사를 살펴보자.

> 처음으로 총상을 입고 범일동 외과에 입원한 경남공고 3년 강수영(19)군과 이증명(19)군. 강 군은 복부에 총알이 박혔고 이군은 머리에 경상을 입었다. 20일 하오 3시경 수술도 받아보지 못하고 죽어간 강 군의 그의 시체 해부에 대하여 아직도 세상에서는 풍문이 오가고 있다. (중략) 그러나 어디까지나 총탄에 맞아 쓰러진 것만은 부인할 사람이 없다. 당시를 목격한 한 사람으로서 강 군의 죽음이 헛되지 않았음을 기뻐한 것은 말할 것도 없다.
>
> 《부산일보》「4·19 피의 증언」, 1960년 5월 1일

소설가 길남 씨와 조 피디는 구름다리를 건너 현대백화점 앞 중고전자상가를 지나간다. 이제 재개발로 여러 곳의 오래된 건물이 허물어지고 터만 남아있다. 이곳의 기억들도 차츰 허물어지는 중이었다.

"그래도 4월이 또 다가오네요. 이곳을 건넜던 그 학생들의 함성이 제대로 기억됐으면 합니다. 아니, 그때의 의미를 마음대로 해석해서 자신의 영달에만 이용하는 무리만 없었으면 좋겠어요."

교문을 지나 경남공고로 들어서자마자 오른쪽 나무 사이로 큼지막한 돌비석이 보인다. 빗돌 앞면에 새긴 글자가 의미심장하다. '義勇(의용).' 강수영 열사를 기리는 추념비다. 세운 날짜는 순국 두 달 후인 1960년 6월 19일.

추념비의 뒤쪽에는 이런 말이 적혀있다.

• 4·19혁명 故강수영열사추모제(부산경남공고)

'분하다. 그가 신명을 걸고 열화처럼 절규하던 민주 재건의 먼동이 트기 전에 숨지고 말았으니, 곳은 자성대 임란의 터요, 독재가 물러가기 한 주일 전이었다.'

부마민주항쟁 발원지,
부산대학교

부산에서 느끼는 부마민주항쟁

몇 년 전 10월의 일이다.

"부마민주항쟁? 부산에서 민주화 항쟁? 광주가 아니고? 아니면 영화 1987 전두환 때? 탁 치니까 억! 그거?"

이런… 된장!

소설가 길남 씨는 동창회에 갔다가 부마민주항쟁에 대한 질문을 슬쩍 흘려본 적이 있었다. 마침 10월 중순이었으니까. 소설가는 술 마시다 "이게 뭔 개소리야!"하는 타박을 받을까 싶어, 스파이가 정보 주고받듯 비밀리에 질문을 던졌었다. 질문했던 친구는 무려 대기업 다니시는 부산대 ○○과 출신 동창이셨다.

그런데… 그런 답이 돌아왔던 것이다.

1960년의 4·19혁명, 1980년의 5·18민주화운동, 1987년의

6·10민주항쟁과 더불어 우리나라 4대 민주화 운동이라 불리는 10·16 부마민주항쟁. 하지만 역사에 길이 남아야 할 이 항쟁은 대중에게 제대로 알려지지 않고, 도리어 머물거나 잊히고 있는 것이 현실이다.

특히 다른 도시보다 부산은 더더욱 그런 딜레마에 빠진 모습이다. 90년대 전까지만 해도 야구의 야도가 아닌 정치적인 의미로서 야도(野都)였던 부산! 한때 부산시민은 김영삼이란 정치인에게 절대적 지지를 보냈었다. 그런데 그가 야당에서 여당 후보로 입지를 옮기고 대통령에 당선되면서, 부산은 사실상 야도에서 철저한 보수의 도시로 탈바꿈하게 된다. 이러한 부산의 정치적 변모는 부마민주항쟁에 대한 기억과 보존에도 큰 영향을 주었다. 부산이 부마민주항쟁이란 커다란 역사와 그에 해당하는 에너지를 제대로 기리지 못했던 여러 이유 중 하나일 것이다(소설가 길남 씨는 김영삼 전 대통령의 민주화 업적에 대해 많은 존경심을 가지고 있다. 다만 아쉬움이 남는 건 할 수 없다).

시작부터 너무 세게 나갔나? 어쨌건 소설가 길남 씨는 이런저런 이유로, 항쟁 45주년을 맞는 10월에 자신부터 돌아보며 반성하기로 마음먹는다. 그런 마음을 먹고 보니, 부마민주항쟁의 발원지인 부산대학교가 탐방에서 빠져 있다는 사실을 깨닫는다. 워낙에 잘 아니까… 라는 게 이유였는데, 뭘 제대로 알지도 못하면서 그런 이유를 붙였다는 사실도 깨닫는다.

아아, 나도 마찬가지구먼…. 나도 부산이란 도시에서 '자기 모순'의 자세로 역사를 대하며 살았었구나!

마산, 그러니까 창원시 경우만 해도 부마민주항쟁을 대하는 자세는 크게 다르다. 시 차원에서 항쟁을 크게 홍보하고(창원시 홈페이지만 봐도 바로 느낄 수 있다), 창원시의 역사와 문화를 구성하는 데 부마민주항쟁에 큰 의의를 둔다. 하지만 부산은 그렇지 않다. 부산은 이미 향락과 소비의 도시로 변모했고, 자신이 가진 역사 따위는 헌신짝처럼 던져버린 도시가 됐다.

일제 잔재를 없앤다며 모조리 파괴했던 근대식 건물들, 복천동 고분 주변의 고층아파트 난개발, 해변에 무작정 들어서는 고층빌딩, 새 구청을 짓겠다고 막무가내로 파헤쳤던 동래읍성 유물들, 유네스코에도 등재할 수 있는 1부두 부지에 펼쳐졌던 고층빌딩 공사 계획 등등 상상을 초월하는 무지와 만행이 판쳤던 곳이 이곳 부산의 개발과 행정 아니었던가?

아아, 이번 글은 계속해서 세게 나가는 것 같다. 사실 부산이란 도시를 엄청나게 사랑하는 소설가 길남 씨이건만 오늘따라 왜 이리 강성인지 모를 일이다. 일단 다른 말 필요 없이 간다고 했던 부산대학교부터 가볼 일이다.

부산대학교로 고고!

그렇다! 오늘의 탐방길은 부마민주항쟁의 발원지였던 부산대학교.

소설가는 부마로드를 따라 걷을 것이다. 그러고 보니까 부산대학교도 그 앞 주변만 술 마신다고 왔다 갔다 했지, 제대로 가본 게 언제인지 싶다.

탐방길은 원래 혼자 가는 게 아닌데, 오늘따라 소설가와 연결되는 이가 없다.

"아아, 오늘 업무가 너무 바쁘네요."

"네, 선배님, 원고 마감이 닥쳐 지금 정신없어요."

"와아앗, 방금까진 괜찮았는데 지금 막 다른 데서 연락이 와서…. 미안해요!"

하하하… 마, 그냥 마, 그랬다. 오늘 부산대 탐방은 여태까지의 나태에 관해 반성하는 길이 될 듯하다. 마치 벌받듯이 혼자 가야 하는 탐방길인 것이다.

부산시 남구에 거주하는 소설가는 일단 도시 전철 2호선을 탔다가 서면에서 1호선으로 환승한다. 부산대역에서 내릴 예정인데, 교통앱이 정확히 51분이 소요된다는 정보를 알려준다. 남구 대연동에서 서면까지 20분이니까, 서면에서 부산대학교 정문까지 다다르는데 딱 30분이 걸린다는 얘기다.

덜컹거리는 전철을 타고 찾아가는 그 길….

어느덧 부산대역에서 하차해 3번 출구로 나온 소설가 길남씨. 부산대학교 젊음의 거리로 통하는 금정로68번길이 보인다. 경쾌한 음악 소리와 함께 젊은이가 가득한 골목은 다른 곳의 대학로와는 또 다른 느낌을 준다. 신호등을 두 번 건너고, 널따란

• 부산대정문 거리

"세월의 흐름과 역사에 대한 무관심이 이곳의 뜨거웠던 항쟁의 기억을 희미하게 덮어가고 있다."

• 넉넉한 터

• 발원지 표지석

거리를 지나면 저 멀리 금정산 대륙봉이 보이는 부산대 정문이 나타난다.

이거야 원, 매일 다니는 사람이야 익숙한 풍경이겠지만, 같은 부산에 살면서도 오랜만에 들르니 주변이 바뀌어도 너무 많이 바뀌었다. 소설가는 홀로 찾은 부산대 정문에서 어색한 행보를 보이며 사진을 한 컷 찍는다. 자, 정문 왼쪽으로 들어가 오르막을 조금 오르니 옛날에 없던 지하차도가 내려다보이며, 왼쪽 벽으로 안내도가 있다. 휴대폰의 지도 앱이 워낙 잘 되어 있으니, 안내도를 참고해 목적지를 잘 찾을 수 있었다. 일단 부산대 정문은 통과했으니, 당시의 운동장이 나타날 차례다. 계단을 조금 오르니 운동장이 나타난다. 흑백 화면으로 부산대 학생들이 단체로 운동장을 달리던 장면이 떠오른다. 하지만 지금은 깔끔하다. 학생들이 농구하며 크게 소리를 높이고 있다. 현재 넉넉한 터로 불리는 공간이다. 지도 앱으로는 '조금만 올라가면…'

이라고 나와 있지만 여기도 벌써 오르막인데 계속 오르막이다. 힘들다. 하지만 일단 1979년 당시의 도서관 자리로 올라가야 한다. 올라가는 길을 중앙으로 봤을 때, 좌측으로 5분 정도 걸어가면 10·16기념관이 나타나는데, 부근에 부마민주항쟁 발원지 표지석이 있다. 도서관이 있었던 현재 건설관 자리이다.

그날의 현장

부산대의 시위는 10월 15일에 있을 예정이었다고 한다. 처음 유인물을 뿌리며 시위의 분위기를 만든 인물은 공대생 이진걸 씨였다. 그는 친구 한 명과 여관에서 '민주선언문' 유인물 900여 장을 직접 만들어 배포했다.

"부산에서의 학내 시위는 처음이었다. 그 덕분에 대학 내에 사복경찰이 없어(적어) 유인물을 배포할 수 있었다. 사실 그때의 분위기가 잘 기억이 안 난다. 금방이라도 누군가 날 잡아갈 것만 같은 두려움이 있었기 때문이다. 누가 받는지도, 어떤 표정을 짓는지도 모르고 그저 빠르게 배포만 했었다."

(부마민주항쟁 서포터즈, 2020년 5월 이진걸씨 인터뷰 인용)

또 법대생 신재식 씨가 '민주투쟁선언문'을 따로 뿌리며 오후 10시에 도서관에 모이자고 호소했지만 10월 15일에는 때

• 계엄령 이후 부산대

가 맞지 않았다. 시위의 분위기는 형성됐지만 도화선에 불을 붙이기에는 실패한 셈이다.

그래도 가만히 보고만 있지 않겠다는 신념을 서로 확인한 건 확실했다. 다음날 상대생 정광민 씨가 나서 다시 '선언문'을 작성하고 유인물을 뿌리며 "저 유신독재에 맞서 우리 모두 피 흘리며 투쟁하자!" 라고 외쳤다. 이에 학생들 수백 명이 호응했고, 시위대는 점점 늘어나기 시작했다.

시위대가 도서관 앞에 이르자 교직원들이 말리는 등 마찰이 있었지만, 시위대는 벌써 천 명을 넘어서 이천 명에 육박할 때였다. 그들은 운동장을 돌고 옛 정문이던 무지개문으로 나아가 시내 진출을 시도했다. 이에 맞서 전경들이 최루탄을 쏘며 교내로 진입하는 작전을 펼치기도 했다. 하지만 기세가 오른 시위대는 그 수가 갈수록 늘어 학생들만 오천 명 가까이 불어나 시내로 진출한다. 학생들은 동래경찰서까지 나아갔고, 이후 부산시청이 있는 남포동에서 재집결하기로 약속하고 해산한다.

바로 부마민주항쟁의 시작이었다.

부산대 학생들의 시위는 부산시민들의 호응을 얻었고, 이는 경남 마산으로 번져나갔다. 민주화를 위한 불꽃은 불과 한 달도 채 지나기 전에 박정희 독재정권이 무너지게 만드는 데 결정적 역할을 하게 된다.

부마민주항쟁 발원지 표지석을 살펴봤다면 방금 그냥 지나갔던 10·16기념관에 들러볼 차례이다. 사실 기념관은 공연을 위한 강당으로 쓰이고 있어 크게 살펴볼 것은 없다.

10·16기념관 주변에서

10.16기념관에서 자연과학관(1979년 당시 상학관)으로 향하려던 소설가 길남 씨. 그는 문득 기념관 안의 분위기가 궁금해졌다. 공연이 이루어지는 강당은 보지 않더라도, 입구 쪽 로비의 분위기를 느껴보는 것도 괜찮으리라…. 그는 발걸음을 돌리기로 한다.

• 10·16기념관

• 10·16기념관 당시 재현 그림

본거지란 말이 있다. 어떠한 활동의 근거로 사용되는 곳이란 뜻이다. 대한민국 4대 민주항쟁 중 하나인 부마민주항쟁의 본거지를 말할 때 부산대는 최초이자 핵심인 곳이다. 하지만 세월의 흐름과 역사에 대한 무관심이 이곳의 뜨거웠던 항쟁의 기억을 희미하게 덮어가고 있다. 길남 씨는 확실히 마음을 고쳐먹기로 했다. 이왕 항쟁의 본거지를 찾은 김에 작은 흔적 하나에도 감동할 준비를 갖추기로 했다.

붉은 기둥의 입구를 통과하자 강당으로 올라가는 계단이 눈에 들어온다. 별다른 건 없지만 좁은 로비 왼쪽 벽에 선명한 그림 하나가 눈에 들어온다. '유신철폐'를 붓으로 적고 있는 학생과 시위 유인물을 손으로 직접 제작하는 두 학생의 모습이 그려져 있다. 소설가는 발걸음을 돌린 보람을 찾고 흐뭇하게 고개를 끄덕인다. 그래, 항쟁의 본거지 맞구만!

• 부마민주항쟁표지석

현재 그는 민주항쟁탑이나 표지석을 중심으로 동선을 짠 상태이다. 당시의 뜨거웠던 현장들을 중심으로 세워진 기념의 흔적들이다. 하지만 기념관 로비에 한 점 걸려있는 그림처럼, 세세하게 채워진 디테일이 부마민주항쟁의 의미를 우리 생활 속으로 끌어들이는 것이 아닐까…? 소설가는 미소를 남기고 10.16기념관을 떠난다.

걷다가 만난 또 하나의 추모

다시 운동장인 넉넉한 터 위의 안내도 옆 인문관으로 돌아온 소설가. 일부러 돌아온 건 아니다. 헷갈린 탓이다. 10.16 부마민주항쟁기념탑이 예전 인문사회관이었다는데 현재는 제1사범대학이다. 예전 이름으로 대충 움직이려 하다가 애초의 목적지인 자연과학관도 놓친 셈이다. 머릿속은 1979년의 장소에 맞춰 놓고 현재의 장소를 돌아다니다 보니 공부가 부족한 결과가 우루루 쏟아진다.

하지만 직접 탐방에 나설 때는 이런 실수쯤 한 번씩 하는 법이다. 게다가 실수 덕분에 의외의 발견을 하는 경우도 많다. 오늘이 바로 그런 순간이다. 길남 씨는 인문관에서 서둘러 자연과학관으로 향하다 뜻밖에도 문학계 선배 한 분을 만나게 된다. 파란 안내표지판에 '故 고현철 교수 추모 조각상'이란 글자가 선명하다.

소설가는 부산대학교 교수로서의 고현철보다 평론가 고현철 또는 시인 고현철을 더 선명하게 떠올린다. 많은 대화를 나누진 못했지만 온화했던 목소리를 기억한다. 또 단체행사 뒤풀이에서 수줍은 듯 진지하게, 한 곡을 멋지게 뽑아내던 모습도 기억한다. 하지만 그는 2015년 부조리에 뜨겁게 저항하며 대학 민주화와 사회 민주화를 위해 목숨을 바친다. 소설가는 당시 그 놀라운 소식에 말을 잃고 말았다. 동료들과 찾았던 빈소에서도 아무 말을 할 수 없었고, 조용히 고개를 숙이고 말았다. 벌써 9년이 지난 일이다. 길남 씨는 9년 만에 만난 문학 선배를 기리며 다시 한번 고개를 숙인다.

• 故고현철 교수 추모 조각상

항쟁의 시작, 자연과학관

가까운 길을 돌아와 도착한 자연과학관 앞에는 파도 또는 불꽃 모양의 조각상이 나타난다. 아마도 이것은 불꽃 모양이 아닐까 생각하는 소설가. 왜냐하면 이곳에서 부마민주항쟁의 불길이 일어났기 때문이다. 조각상 밑에는 '청년학생 이곳에서 독재타도의 선봉에 서다'라는 문구가 뚜렷이 새겨져 있다.

'이곳은 1979년 10월 16일 부산대학교 학생들이 유신독재타도의 날개를 펼친 장소이다. 부산대에서 시작한 민주주의의 비행은 마산으로까지 확산되어 박정희 군사독재정권을 무너뜨리는 데 결정적 역할을 하였다.'

아까 언급했던 그림 한 점의 주인공일 가능성이 높은 정광민 씨(10·16 부마항쟁연구소 전 이사장)는 10월 15일 이진걸 씨(당시 부산대 공대 3학년)가 뿌린 민주선언문을 보고 다음 날의 학내 시위를 계획한다. 밤새 등사기를 밀어 만든 선언문 300장이 10월 16일 뿌려졌고, 넘실대던 항쟁의 기운은 마침내 불씨를 퍼뜨리기 시작한다. 시위대는 도서관 앞에 이르자 수백 명으로 불어났다. 당시의 교직원들이 시위대를 말리려고 했지만 중과부적. 시위대는 점점 늘어나 2,000여 명 정도로 불어났다. 부산대 학생들이 운동장을 돌며 구호를 외치는 흑백 영상은 바로 이때의 모습이다. 이 시점에 경찰의 학내진입이 일어나는데, 도리어 분노한 학생들만 더 늘어나는 결과를 초래한다.

경찰 학내진입의 기억

사실 경찰의 학내진입은 금기시된다. '상아탑(象牙塔)은 공권력으로부터 보호받아야 한다'는 게 우리 민주사회의 보이지 않는 약속이다. 하지만 이 약속은 끊임없이 깨어져 왔다.

소설가 길남 씨는 잠시 눈을 감는다. 그는 결국 의무경찰로 복무하던 1996년과 1997년 여름의 과거로 소환되고 만다. 섭씨 30도의 폭염이 지배하던 때였다. 솜과 대나무로 속을 채운 방석복, 전투봉과 방패, 미식축구 헬멧을 연상시키는 방석모, 그리고 그 모든 걸 착용하고서 줄지어 서 있던 청춘들…. 길남 씨도 그런 청춘 중 한 명이었다. 그는 연세대학교 교내에서 밤을 새웠던 악몽 같은 기억을 잊지 못한다. 며칠간 잠을 자지도 제대로 먹지도 제대로 씻지도 못한 청춘들이, 자유와 민주를 외치는 청춘들의 머리채를 휘어잡고 허벅지를 발로 찍던 모습도 잊지 못한다. 악몽이란 표현마저 부끄러울 지경이었던 초토화된 민주사회의 뒷모습들….

소설가는 소환된 과거를 더듬다 신음소리를 내고 만다. 아직도 잊히지 않는 생생한 장면이다.

연세대학교 상징물인 독수리상이 나타난다. 그 밑에 앉아 담배를 피우던 사복경찰이 길게 이어놓은 쇠파이프를 들더니 독수리의 날개를 툭툭 친다. 걸쭉한 욕설을 늘어놓던 그가 침을 뱉으며 한마디 던진다.

"이거 그냥 부숴버려?"

그러니까 부마민주항쟁이 있고 17년이 지났었던 1996년의 일이었다. 그렇게 그해의 여름은 지나가고 있었다…. 민주화와 자유, 권리에 대한 목소리를 통제하고 억압하기 위해 상아탑마저 공권력이 짓밟던 시절의 이야기이다. 군사독재정권도 아니었던 그 시절 말이다. 그리고 시간은 또 쏜살같이 흘러가 2022년이다. 그러니까 26년이 또 더 흐른 지금, 대학의 교내가 더럽혀지는 일은 다행히 없다. 하지만 무언가를 담고 있는 목소리에 대해 귀를 닫고 무지와 폭력으로 대응하는 공권력은 과연 사라졌는가? 소설가는 글쎄… 하고 고개를 조용히 가로젓는다.

10·16 부마민주항쟁기념탑

이제 소설가는 10·16 부마민주항쟁기념탑이 있는 제1사범대학으로 향한다. 겨울이 닥치기 직전의 하늘은 청명하기 그지없고, 주변 나무의 색은 서서히 바래져가고 있다. 1사범관 정문에는 '밝고 맑은 스승의 마음' 이란 조각상이 서 있고, 그 아래로 내리막이 펼쳐진다. 내리막을 조금 걷다 보니 드디어 기념탑의 모습이 보인다. 기념탑 주변으로 부산대 출신의 여러 민주열사비가 둘러서 있다. 흰 국화가 올려진 곳도 보인다. 여전히 많은 사람이 이곳을 찾는 것을 알 수 있다. 어디서 왔는지 학생 몇 명과 선생님으로 보이는 분이 기념탑 앞에서 사진을 찍는다. 주위를 둘러보던 학생들이 소설가에게 사진을 부탁한다. 흔쾌히 응하고는 셔

터를 누른다. 그 무엇보다 환한 웃음이 추억으로 남는다.

• 부마항쟁기념탑과 부산대 교정

억눌린 우리 역사
터져 나온 분노
매운 연기 칼바람에도
함성소리 드높았던
동트는 새벽별
시월이 오면
핏발 선 가슴마다
살아오는 십일육
동지여 전진하자
깨치고 나가자
뜨거운 가슴으로
빛나는 내일로

뜨거운 시 문구가 새겨진 기념탑 주위로 여러 웃음들과 평화로운 일상이 지나간다. 저 시구 속 뜨거움은 이제 우리에게 어울리지 않는 단어의 나열일지도 모른다. 하지만 저 뜨거움이 없었다면, 과연 우리 곁에 자유와 평화는 어떤 모습으로 다가와 있을까…?

10월의 뜨거움이 지금 우리의 현재형일 수밖에 없는 이유가 저 질문 속의 답에 있을 것이다.

P.S

그로부터 1년 후, 봄날의 '10·16 부마민주항쟁로' 앞에서

봄날이 선뜻 다가온 3월의 어느 날, 소설가 길남 씨는 부산대 교내 시월광장 앞에 있다.

시월광장 앞은 새 학기 동아리 모집이 한창이었다. 수많은 동아리 부스가 쫙 깔린 가운데, 동아리 홍보에 목소리를 높이는 학생들과 호기심에 찬 눈으로 곳곳을 살피는 새내기들로 광장은 싱그러운 열정이 넘실대고 있었다.

"우리만 늙었네요."

같이 동행한 후배 정 작가.

1년 전 혼자 외로이 취재할 때보다 괜찮은 줄 알았는데…. 후배의 한마디에 가슴이 무척 시린 길남 씨. 그래서 정성을 다해 후배를 째려보는 중이다. 하지만 순수한 정작은 그 시선도 못 느끼는지 취재에 열심이다.

"이제 보니 여기가 시월광장이었군요. 난 몰랐어요. 하하, 우리만 늙었어. 하하, 이제 그만 내려가죠?"

끄응, 길남 씨가 노쇠한 다리를 끌고 정문 쪽을 향해 걸음을 옮긴다.

부산대 정문에 두 소설가가 섰다. 그 이유는 새롭게 명예도로로 지정된 '10·16 부마민주항쟁로'를 취재하기 위해서다. 부산대 정문에서 부산대 앞 삼거리를 지나 부산대 사거리로 이어지고, 거기에서 도시철도 1호선 부산대역까지 이어지는 440m 구간의 대학로가 바로 그 구간이다. 명예도로명이란 도로명주소법 제10조에 따라 기업 유치, 국제 교류를 목적으로 도로 구간의 전부 또는 일부에 추가로 부여하는 도로명을 말한다.

"근데 지정은 됐는데… 이걸 알리는 표지판이나 안내판은 되게 부족하네요. 무심코 다니면 있는지도 모르겠어요."

그랬다. 명예도로를 알리는 표지판은 정식 도로명의 푸른색이 아닌 갈색 표지판으로 도시철도 부산대역 앞에 하나, 부산대 정문 앞에 하나가 붙어 있었다. 명예도로 공고 부여일이 2023년 9월 8일이니까 약 6개월이 지나도록 명예도로에 대한 홍보는 좀 부족한 듯했다. 하지만 명예도로를 만들었다면 필연적으로 홍보하고 관리해야 한다. 보통 유적지나 명승지를 알리는 갈색 표지판은 "어? 여기 저런 것이 있었어? 어디지?"라는 반응을 불러오지만, 명예도로는 말 그대로 표지판을 보는 동시에 그곳에 서 있는 셈이 된다. 안내판이나 설명이 훨씬 더 필요하다는 것. '10·16 부마민주항쟁로'에는 그런 홍보가 분명 필요해 보였다. 그에 비해 부산대 내 '시월광장'은 은색 안내판과

• 10·16 부마민주항쟁로 표지, 부산대 정문

함께 광장의 이름판도 잘 디자인된 편이었다. 하지만 이런 배치에도 불구하고 몇몇 학생을 대상으로 질문하니 부마항쟁에 대해서는 그렇게 큰 인식을 가지고 있지 않았다. '대한민국 4대 민주화운동'이란 의미보다 그냥 학교에서 일어났던 민주화운동 정도로 여기는 눈치였다.

"사실 이게 부산의 현실이지. 자기 고장의 역사를 도리어 폄하하거나 잊어버렸기만 했던 어른들 탓이라고나 할까?"

소설가 길남 씨는 뭔가 씁쓸하다.

부산에 있었던 초량왜관, 두모포왜관, 부산 이름의 유래가 된 증산공원, 부산진성공원, 개항으로 대한민국 근대화의 발판이 된 부산항, 독립운동의 전초기지가 됐던 부산·경남 독립운동가들의 이야기, 대한민국의 경제를 일으켰던 부산의 원양산업과 선원들, 정부의 정책에 의해 떠나거나 문을 닫아야 했던 부산의 기업들 등등…. 그 원대하고 거침없던 지역의 역사는 서울 서울 서울 중심의 역사관에 점점 묻혀만 가고 있는 것만 같다.

"밥이나 먹으러 가죠."

상념에 빠진 소설가에게 떨어진 한마디. 아, 그렇다. 벌써 1시가 다 되었다. 씁쓸해도 배는 꼬르륵. 밥은 먹어야 한다.

"어, 부산대에 옛날부터 하던 식당 이런 거 없나?"

"여기 제가 어릴 때 살던 데라 몇 군데 알아요. 아직 하는가 모르겠네."

휴대폰으로 한참 검색하던 정 작가가 고개를 젓는다.

"이거 뭐 다 문 닫았나 본데요?"

갑자기 뿔따구가 치밀어오르는 길남 씨가 주먹을 불끈 쥔다.

"이 동네 지리 잘 안다매? 우리 끝까지 찾아보자. 한 30년짜

• 부산대 후문

리로다가 부산대의 전통 있는 식당에! 자, 고고!"

이거 뭐 선배라고 밥 사기 싫은 거 아냐? 라는 표정으로 바라보는 정 작가. 하지만 이내 정답을 내놓는다.

"아, 맞다. 부산대 후문 쪽에는 좀 남아있더라고요. 그리로 가봅시다."

그렇게 전통과 역사를 찾아 헤맨 두 사람은 30년쯤 장사한 중국집을 찾았다는 후문이다. 그리고 가격이 일반 중국집보다 비싸서 길남 씨 뿔따구가 더 났다나 뭐라나….

부마민주항쟁의 열기를 찾아, 남포동과 광복동

지나간 10월을 떠올리며

"지금도 기억하고 있어요. 시월의 마지막 밤을~ 뜻 모를 이야기만 남긴 채 우리는 헤어졌지요~"

해마다 10월 마지막 밤이 되면 이 노래가 여기저기서 흘러나온다. 우리나라 사람들에게 10월 마지막 밤은 할로윈보다 <잊혀진 계절>의 가사가 더 기억에 남는지도 모를 일이다. 소설가 길남 씨도 옛날 사람답게 10월의 마지막 밤을 핑계로 고주망태가 되기 일쑤였다. 덕분에 11월의 첫 아침은 항상 숙취로 시작했었다는….

재밌는 건 이 노래를 부른 가수 이용이 신군부가 기획했던 초울트라 슈퍼 관제 행사 <국풍81>의 '젊은이의 가요제' 금상 출신으로 데뷔했다는 것. 이 유명세에 힘입어 이용의 두 번째 발표

곡 <잊혀진 계절>은 사상 초유의 히트곡으로 우뚝 선다. 여기서 잠깐! <국풍81>이 뭐냐고? 전두환의 5공화국 정권은 쿠데타와 광주에서의 만행, 언론통폐합 등을 가리기 위해 전국 1천만 명 참가라는 전무후무한 관제 행사를 '국력은 힘'의 자세로 밀어붙였다. 그것이 바로 <국풍81>. 이때 충무김밥, 춘천막국수도 전국적 음식으로 히트를 쳤다지….

어쨌든 5공의 무지막지한 우민화 정책은 성공했나 보다. 수십 년이 흐른 지금을 생각해 보라. 10월의 대표적 민주항쟁인 부마민주항쟁은 사람들에게 점점 '잊혀진 항쟁'이 되어가지만, 10월의 마지막 밤이 되면 울려 퍼지는 '잊혀진 계절'은 여전히 밀리언셀러로 남아있다.

이거 뭔가 씁쓸하구만…!

자, 소설가는 잊혀진… 아니 이건 틀린 표현이고, 이제 점점 '잊히고 있는' 10월의 부마민주항쟁을 이야기해 볼까 한다. 그리고 수많은 이야기 중에서 광복동과 남포동의 이야기만 똑, 떼어서 말이다.

10월에는 마지막 밤만 있는 게 아니다.

부산과 마산 두 도시가 야도(野都)란 이름으로 전국을 들썩였던 1979년의 부마민주항쟁이 시작된 날. 부산대 학생들이 뛰쳐나와 시민과 함께 독재정권을 타도했던 그날. 마침내 독재 유신정권이 쓰러지는 데 결정적 트리거가 됐던 민주항쟁 첫날인 10월 16일….

오늘 소설가 길남 씨는 직접 탐방길에 오른 여러분을 이끌고 1979년의 남포동과 광복동으로 타임머신 탐방을 떠나볼까 한다. 부마민주항쟁이 일어났던 10월로 말이다. 물론 그 후의 이야기와 주변의 다른 이야기들도 넘쳐나니 기대하시라. 독자 여러분도 고고고!

1979년 부마민주항쟁은 동래의 부산대에서 시작한다. 하지만 부산대의 민주항쟁 열기는 그 저녁에 남포동으로 이어진다. 대학생뿐만 아니라 시민으로 그 항쟁의 열기가 퍼져나간 것도 남포동이었다. 많은 이들이 남포동과 광복동을 들르지만, 이제 그 거리에서 뜨거웠던 부마민주항쟁이 있었다는 사실은 잘 기억하지 못한다. 또 그를 기념하는 표지석이 어디에 있는지조차 알지 못하는 이가 대부분이다.

사실 이곳 남포동의 민중항쟁 역사는 1920년 9월로 거슬러 올라간다. 부산경찰서에서 경찰서장 하시모토에게 투탄했던 박재혁 의사의 의거가 바로 그것! 그리고 57년이 지난 1979년 부마민주항쟁의 남포동 투쟁으로, 또 그 이후에는 87년의 민주화운동으로, 또다시 그 이후에는 2017년의 촛불항쟁으로까지 이어진다. 부산이란 도시는 100년을 잇는 민중항쟁의 성지 남포동을 가지고 있는 셈이다.

소설가 길남 씨는 동광동2가의 왜관 계단에서 10명 남짓의 탐방대에게 박재혁 의사 기념비를 소개하고는 타임머신 탐방의 시작을 고한다.

"자, 여러분! 이제부터 우리는 타임머신을 타고 광복동 패션

• 동광동 옛계단 인근에서 탐방대

거리로 나와 남이와 용이라는 두 학생의 뒤를 좇을 예정입니다. 1979년 10월의 그날, 두 학생은 남포동 시위까지 참여합니다. 하지만 독재정권의 진압경찰에 한 학생은 탈출하고, 한 학생은 잡히고 맙니다. 우리는 남포동 지리를 빠싹하게 잘 알아서 잽싸게 고갈비 골목으로 도망친 남이의 뒤를 먼저 따라가 볼 겁니다."

진지한 길남 씨를 취재하며 사진을 찍던 병용 씨가 표정을 구기며 질문한다.

"그럼 용이는 경찰한테 잡힙니까?"

"네에! 시내 지리도 잘 모르는 순딩이 용이 학생은 쌔리 잡히갖고 뚜디기 맞고는, 영도경찰서까지 끌려갈 거예요. 우리는 그 아픈 길도 따라나설 겁니다!"

천연덕스레 대답하는 소설가. 웃으면 안 되는데 왠지 웃긴 상황이다.

실제 부마항쟁 중 상당수의 학생과 시민들이 계엄군과 경찰에 연행된다. 주로 중부경찰서로 갔다고 전해지나 상당수의 시위대가 영도경찰서로 끌려갔다고 한다. 특히 영도경찰서에서의 고문은 수많은 피해자의 증언과 재판으로 인해 그 악행의 진실이 밝혀진 바 있다.

남포동 고갈비 골목

소설가는 광복동 패션거리에서 용두산공원으로 올라가는 에스컬레이터를 지나 고갈비 골목으로 오르는 길에서 잠시 멈춘다.

고갈비의 어원은 어디에서 왔는지 확실치 않다. 고등어를 굽는데 기름이 넘쳐흘러 마치 돼지갈비를 굽듯이 연기가 난다고 고갈비라 했다는 설이 있고, 가난한 대학생들이 가격이 싼 고등어 구이를 주로 찾는다 해서 높은 학력을 의미해 높을 고(高), 고갈비라 불렀다는 설도 있다. 어쨌든 부근 공동어시장과 자갈치시장을 통해 값싸고 신선한 고등어가 이 고갈비 골목을 만들었는지도 모른다. 남포동 고갈비 골목은 이제 단 한 가게만 영업을 하고, 한 가게는 간판과 흔적만이 남아 명맥을 유지할

• 남포동 고갈비 골목 전경, 한때 수많은 이가 찾는 골목이지만 이제 노포는 한 군데만 남아있다.

뿐이다. 아쉬움을 뒤로 하고 골목을 내려가니 용두산공원으로 오르는 골목에 용두오름길이란 표지판이 붙어있다.

어떤 학생은 이 오르막으로, 어떤 시민은 골목을 나가 국제시장 쪽으로, 어떤 친구는 예전 미문화원이 있던 보수동 쪽으로 몸을 피했는지도 모른다.

"국제시장 쪽 상인들도 학생들을 많이 숨겨줬다고 하던데…."

병용 씨가 아는 체를 한다. 문득 길남 씨는 대학 때의 추억에 휩싸인다.

1994년 쌀개방 반대 시위에 따라나섰던 기억이다. 당시의 비폭력 시위에서 그는 선배의 이끌림에 의해 맨 앞에서 진압 전경대를 맞이해야 했다.

"마! 공부나 할 것이지, 왜 여길 기어 나와!"

그는 마주한 전경에게 무지막지한 욕과 주먹에 얻어터져야 했다. 하지만 그는 그보다 보수동 앞 삼거리에서 시위대의 대열이 뭉개졌을 때를 더 선명히 기억한다. 진압봉을 피해 정신없이 달려갔던 곳은 국제시장 대로였다. 우루루 쏟아지는 학생들의 비명보다 더 선명하게 떠오르는 건 닫힌 줄만 알았던 가게들의 문이 일제히 드르륵! 하고 열리는 소리였다.

"일로 들어온나! 일로 피해라!"

국제시장 아주머니들의 절절한 고함이 아직도 귀에 들려오는 듯하다.

구둣방 골목

• 부마항쟁 기념표지석

소설가 길남 씨는 어느덧 구 미화당백화점 앞 패션거리 삼거리의 부마항쟁 파도 표지석 앞에 섰다. 사실 오늘 탐방의 가장 중요한 지점인데, 사람들은 표지석을 보지 못하고 무심코 지나간다. 거대한 역사의 파도는 세월의 흐름에 점점 잊히고 수그러져 간다. 현실의 부조리에 당당히 맞서며 정의를 부르짖던 부산인의 기개와 정신이 그리운 시절이다.

"이제 우리는 당시 구둣방 골목이라 일컫던 사잇길로 해서 비프광장으로 걸어갈 겁니다. 아직도 여러 점포가 문을 닫았다 열었다 하며 골목을 지키고 있습니다. 그래서 수십 년 된 노포도 어제 인테리어를 한 가게도 함께 공존하는 곳입니다."

• 구둣방골목

병용 씨가 고개를 끄덕인다.

구둣방 골목은 70, 80년대 당시 수제 구두 판매와 구두 수리, 구두닦이까지 구두와 관련된 모든 것이 모인 곳이었다. 거기에다 광복동의 양장점까지 하면 말 그대로 멋쟁이가 가득 모인 곳이기도 했다. 이제 모든 유행의 첨단이 서울로 집중돼 그 명성만 남았지만, 예전의 화려했던 추억을 기리는 구두모양의 기념 동판이 비프광장으로 이어지는 골목 입구 바닥에 장식돼 있다.

길남 씨가 골목에 대해 뭐라 설명하자 길거리 떡볶이 아주머니가 힌 마디 보대신다.

"여게가 멋쟁이 골목이지. 하모! 옛날에는 가다마이 맞차 입고 빽구두 신고 댕기던 데 아이가?"

남포동 극장가

길남 씨는 패션의 지대를 건너 영화의 지대로 들어선다. 부산국제영화제가 시작한 지도 어느덧 26년의 세월이 흘러가버렸다. 이제 남포동 피프광장 또한 해운대로 권좌를 뺏기고 명맥만 유지할 뿐, 그 많던 극장들도 사라지고 없다. 영화인들의 손바닥 동판만 잔뜩 남아 옛 명성을 새길 뿐이다.

"부마 때 집합 지점이던 부영극장뿐인가요? 건너편의 혜성극장, 대영극장, 부산극장, 제일극장, 국도극장, 저기 끝의 아카데미극장까지 하나도 안 보이네요."

"대영은 멀티플렉스로 바뀌가 극장인지 아닌지 포스터도

별로 안 보이고, 부산극장은 계속 공사 중이니 흔적도 안 보이고…. 와아, 남포동 극장가가 우짜다 이래됐노?"

물론 저 정도 극장 이름을 댈 정도면 다 옛날 사람이다. 탐방대 중 청년 몇 분은 무슨 소린지 눈만 끔뻑일 따름이다.

길남 씨도 옛날 사람이긴 마찬가지이다. 그는 1984년의 여름 남포동 극장가가 가장 기억에 남는다. 초딩도 아닌 국딩 시절 사촌형님이 개봉작으로다가 그것도 무려 스필버그의 대작 <E.T>를 보여주러 남포동으로 데려왔기 때문이다. 하지만 어린 이 길남이에겐 남포동 극장가는 공포의 현장이었다. 부산극장

• 남포동 극장가

은 초특급 공포 외화 <다크나이트>의 포스터를 대문짝만하게 걸어놓았었고, 국도극장은 전설의 한국 공포영화 <목 없는 미녀>의 극장간판을 어마어마한 크기로 붙여놓았었다. 아마 가위로 사람을 절단하던 공포영화 <버닝>도 당시에 상영했었드랬었었지…. 이런 된장! 길남이 어린이는 그 덕분에 ET는 자전거에 태워 달로 보내버리고는, 여름방학 내내 악몽에 시달려야 했던 것이다.

사실 길님 씨의 추억은 이유 있는 것이기도 하다. 60, 70, 80년대의 부산극장가는 영화 흥행의 바로미터였다. 요즘처럼 멀티플렉스가 아닌 단관 시절, 부산은 개봉작이 남포동과 서면 두 군데였기에 서울보다 훨씬 관객 수가 많았다. 게다가 문화적 측면에서는 항상 서울과 다이다이(?)를 깨던 부산 아니었던가? 광복동 멋쟁이들과 한번 바다에 갔다 오면 집 3채를 샀다던 원양어선원이 득실대던 곳이 바로 남포동 극장가였다. 관객층이 얕은 호러영화도 남포동 극장가에서 대박을 터뜨리는 기적이 일어나기도 했었다.

"부마항쟁의 첫 시작이 동래였다면 그 불꽃이 본격적으로 터진 곳이 바로 이곳 극장가였습니다. 구둣방 골목의 멋쟁이들도, 원양어선을 타던 마도로스도, 시청에서 일하던 공무원도, 학업에 열중하던 학생들도, 데이트를 나온 젊은이들도…. 그 모든 이들이 1979년 그때 용기를 내어 거리로 나섰던 것이죠. 그때 그 사람들이 진짜 멋쟁이였습니다. 멋쟁이들이 모여 불의에 항거했던 부산의 그 시절이었던 거죠."

자갈치에서 영도를 바라보다

탐방대는 옛 제일극장이 있던 코너(현 아트박스)에서 꺾어 자갈치 쪽으로 횡단보도를 건넌다. 건너자마자 냄새가 다르다.

그렇다! 여기가 바로 자갈치인 것이다. 기다란 갈치, 푸른 고등어, 커다란 삼치, 아까(빨간고기)가 지천으로 널려있고 생선구이 식당가에선 "이리로 오이소, 식사하고 가이소. 방금 꿉어가 맛있어예." 하며 호객 멘트가 부산하게 날아온다.

"안타깝게도 용이는 극장가에서 진압 경찰에게 잡히고 맙니다. 그리고 영도경찰서로 끌려갑니다. 당시 이쪽 지리를 잘 아는 사람들은 경찰을 피해 자갈치로 뛰어들어 숨어버렸을지도 모릅니다. 당시 자갈치에서 영도까지 가는 통선(버스처럼 자갈치와 영도를 오가던 배)이 있었으니 경찰을 피하기 더 좋았겠죠."

탐방대는 자갈치 시장 건물 뒤 조망공원에서 경치를 감상한다. 오른쪽으로는 장군산이 버티는 송도해수욕장까지 보이고, 남항대교와 영도의 봉래산이 펼쳐진다. 남항대교 뒤로 부산항으로 들어온 선박들이 정박하는 묘박지가 있고 유명한 흰여울길이 송도해수욕장과 마주한다.

"송도 쪽에 엄청난 빌딩이 또 섰네요. 이놈의 부산은 온 해변가 풍경을 고층빌딩으로 다 가려야 직성이 풀리려나 봐요."

누군가 투덜거리듯 툭 던진다. 길남 씨도 씁쓸하게 <미래소년 코난>에 나오는 '인더스트리아'를 닮은 고층빌딩을 쳐다본다. 바람이 강하게 불어온다.

• 자갈치에서 바라본 남항대교

"송도 쪽에 엄청난 빌딩이 또 섰네요. 이놈의 부산은 온 해변가 풍경을 고층빌딩으로 다 가려야 직성이 풀리려나 봐요."

분위기 전환도 할 겸 퀴즈 하나!

Q. 자갈치 시장은 어떻게 생겨났을까요?

탐방대가 위치한 갈매기 모양의 넓은 건축물이 자갈치 시장이란 간판을 걸고 있지만, 길남 씨는 그 범위를 훨씬 넓게 본다.
먼저 자갈치 시장의 형성에 대해 알아보자. 제주의 4.3항쟁과 여순항쟁, 그리고 한국전쟁 등 굵직한 현대사를 거치며 부산, 특히 영도에는 먼 지역의 섬사람들이 많이 이주한다. 그들 중 물질을 하던 해녀와 어부들은 영도 인근 바다에서 잡은 해산물을 자갈이 깔린 해변, 즉 자갈치에서 팔기 시작한다. 이러한 시장의 형성과 함께 송도 쪽에 생겼던 공동어시장은 자갈치 시장의 규모를 세계적 수준으로 만드는 데 크게 기여한다.

Q. 자갈치는 어디서부터 어디까지일까요?

공동어시장 방면부터 훑어보자면 먼저 새벽시장을 들 수 있다. 이곳은 신선한 농산물도 많이 취급하지만 뭐니 뭐니 해도 공동어시장과 냉동창고를 가까이 두었기에 갖가지 수산물을 도매로 취급하는 곳으로도 유명하다. 새벽시장에서 조금만 올라오면 길 건너에는 또 하나의 고갈비 골목으로 유명한 충무동 골목시장이 등장한다. 이곳은 8, 90년대 원양어업 전성기에 원양어선원들이 머물던 곳으로 알려져 있다. 그래서 부근에는 술집과 다방과 여인숙과 19금 밤문화가 한 시대를 풍미한 곳이기도 하다. 다시 해변 쪽으로 길을 돌아오면 선지국, 돼지껍데기, 꼼장어, 생선구이 가게가 즐비한 자갈치 해안시장이 펼쳐진다. 하지만 아직 설명할 곳이 많이 남았다. 예전 롤러스케이트장으로 유명했던 신천지 백화점 자리를 지나 신동아 시장을 거치면 이제 겨우 탐방대가 위치한 자갈치 시장 건물이 나온다. 그렇다고 해서 영도다리 방면의 수협 위판장과 뒤를 잇는 건어물 시장은 어찌 자갈치가 아니겠는가? 결국 해안을 따라 버스정류장이 여섯 번이나 바뀌는 해안 일대의 시장들이 몽땅 자갈치 시장이 되는 셈이다.

영도다리와 영도경찰서

자갈치에서 영도다리로 이어지는 해안길은 현재 깨끗이 정비되어 해변공원으로 탈바꿈해 있다. 불과 7, 8년 전만 해도 재래식 주택과 노포로 남아있는 횟집, 그리고 점집들이 즐비해 있었으나 이제 그 흔적은 쉽게 찾아볼 수 없다. 고즈넉한 주택식 횟집에서 회 한 접시와 소주를 즐기고는 부두 너머 영도의 야경을 감상하던 시절은 이제 물 건너간 셈이다.

자, 이제 유라리 광장으로 명명된 다리 밑에서 다리 위로 올라갈 차례이다. 다리 위로 올라가는 계단 쪽에는 예전의 낡은 집 하나가 남아있어 영도다리 점집의 흔적을 찾아볼 수 있다. 한국전쟁 당시 전국의 피란민은 신도시 부산으로 몰려왔다. 새로운 문화와 새로운 산업이 이곳 부산을 새로운 도시로 우뚝 세운 시절이었다. 뱃길이 열려 일본과도 통하기 쉬웠고, 갖은 물자가

• 영도다리 오르는 계단

활발히 이동했기에 타향으로 떠나온 사람들은 적어도 굶어 죽지는 않는 곳이라는 희망을 품고 있었다. 하지만 고향을 떠난 이들이 가족 친지를 모두 챙길 순 없었다. 또 전쟁 상황은 수많은 이별의 상황을 만들었다. 휴대폰이나 전화는커녕 편지조차 보낼 수 없었던 그들은 헤어지며 애타는 목소리로 이런 약속을 했다.

"부산에 가면 영도다리에서 만나자. 거기서 만나자!"

언제라는 말은 없었다. 오직 어디라는 말만 있었다. 영도다리에는 이러한 이산가족과 연인, 친구, 이웃들이 매일매일 몰려들었다. 어떻게 바로 만날 수 있었으랴? 그들의 갑갑한 심정은 늘어선 점바치들을 향한 하소연으로 이어졌다. 이런 연유로 영도다리 부근은 수많은 점집과 점바치들로 바글거렸다. 이제 그 흔적마저 희미해진 이곳에는 다리로 올라가는 오래된 계단만 남아 세월을 간직하고 있다.

영도다리에 오르자 다리 건너에 바로 영도경찰서가 자리하고 있다.

남포동, 광복동과 지척에 있으면서도 왠지 거리감이 느껴지는 기분이다. 일행은 바다를 건너 영도로 향한다. 아까 자갈치 해변에서 바라보던 시점에서 거꾸로 뒤바뀌어 자갈치와 광복동 일대를 살피자 감회가 새롭다.

"영도경찰서 유치장은 작은 창이 바다를 향하고 있어 마치 머나먼 감옥에 들어가 있는 느낌이었다는 얘기를 들었습니다."

영도 방면에서 다시 바라본 투쟁의 현장은 아득히 멀게만 느껴졌을 것이다.

탄압과 폭력이 사람들을 억누르던 시절, 정의를 위해 용기를 냈다는 이유로 그들이 감당해야 했던 공포와 아픔은 얼마나 컸을까?

잡혀간 학생 용이를 설정한 걸음은 웃음으로 시작했지만, 차츰 마음은 무거워진다. 영도경찰서에서 부마항쟁의 현장을 살피니 그 무게감이 더욱 느껴진다.

이제 세월은 흘러 영도경찰서의 담벽은 흘러간 영도의 역사를 새겨놓았다. 아기자기한 옛 시절의 미니어처가 다채롭게 꾸며져 시선을 끌기도 한다. 이제 시민의 것이 된 영도경찰서의 모습이 많은 것을 느끼게 한다.

자, 이제 새로운 걸음으로 시작한 광복동 부마민주항쟁 탐방길의 여정이 마무리되는 시점이다.

"현재 우리가 누리는 자유와 활기가 많은 이의 아픔과 희생들이 다져진 것이라는 걸 느낄 수 있었어요."

"제가 살아왔던 부산이지만 오늘처럼 새롭게 보이긴 처음이에요."

• 영도에서 바라본 남포동

탐방대원들이 오늘 여행의 소감을 이야기한다. 소설가 길남 씨가 가장 보람찬 순간이다. 같은 사건, 같은 사물이라도 그것을 바라보는 시선은 각기 다르다. 우리에게 가장 익숙했던 것이 세상에서 가장 참신한 것이 될 수도 있는 법. 우리들이 살아가는 공간은 흘러간 세월 속으로 수많은 역사를 숨기고 있다. 부마민주항쟁의 역사가 우리들의 삶의 터전 속에서 간간히 소리를 내어 새로운 역사를 만들었으면 하는 바람이다. 불어오는 바닷바람이 탐방대 전원을 시원하게 훑고 자갈치와 광복동 쪽을 향한다.

3부

마… 함 댕기보입시더

사람을 품는 항,
칠암

칠암항으로 가는 길

소설가 길남 씨가 휴대폰의 내비게이션을 살펴본다. 그가 달려갈 곳은 부산광역시 기장군 일광면 칠암리에 있는 '칠암항'이다.

"그래서, 오늘 어디로 취재 간다구?"

목적지가 어딘지도 모르고 따라나선 김 팀장이 묻자 길남 씨가 저음으로 대답한다.

"칠암항…."

그러자 김 팀장의 얼굴이 환해지며 목소리 톤이 높아진다.

"야, 나 거기 진짜 많이 갔어. 작년만 해도 한 서른 번은 넘게 갔을걸?"

"칠암에 서른 번이나? 그라믄 이 동네는 니가 더 잘 알겠네? 진짜 니는 부산사람 맞긴 맞다."

길남 씨가 퉁명스레 감탄사를 던진다. 서울을 떠나 부산에 정착한 지 벌써 20년이 된 김 팀장. 이젠 서울말 쓰는 부산 사나이가 되어 버린 지 오래다.

"이야, 칠암항 좋지! 거기는 내비 안 켜고도 간다."

김 팀장의 아내가 기장 인근을 좋아하다 못해 사랑한다는 전언이다. 칠암 찬가가 쏟아지는 가운데 길남 씨는 말없이 창밖 풍경을 바라본다. 김 팀장에 비해 길남 씨는 칠암항에 대한 기억이 많이 없다. 홀로 경상남북도 종단을 했던 30대 초반에 빗속을 뚫고 처량히 걸었던 장소, 그때도 여기저기에 붙어있던 붕장어 간판 이미지 정도가 기억의 전부이다.

백과사전이나 인터넷을 살펴보면 '칠암항(七岩港)의 어업 인구는 3,000여 명으로 부산광역시 총 어업 인구의 31.7%에 해당하며, 19개의 어촌계가 구성되어 있는 기장군의 연안 어업 지원의 근거지로 조성된 어항이다.'라고 나와 있지만, 2019년 12월 31일 기준 실제 인구는 칠암리 남 287명, 여 277명이다. 물론 부근의 문동리와 문중리를 치면 300명씩 총 600명을 더할 수 있겠지만 현재의 인구수로 보면 그 규모가 많이 준 편이다. 전국 곳곳의 농어촌 인구 감소 현상이 이곳에도 반영된다 할 수 있을 것이다.

조금 있으면 등장할 칠암의 어부들 중에서 한 분의 말을 미리 스포일러해볼까?

"그때야 배운 게 뱃일밖에 더 있었나? 그래도 서로 배를 탈라 캤고, 가르치고 배우고 하는 사람들이 제법 있었지. 근데 요새 뱃일하는 데 후계자가 있나? 인자 요기도 전신에 외국인 선원들이요. 한국사람 젊은 아아는 하나도 없어."

칠암으로 향하는 길남 씨는 약간 우울했다. 그의 우울이 글에까지 옮았는지도 모른다. 잘 모르는 곳으로 향하는 취재는 설렘보다 막막한 우울을 선사하곤 한다. 그것은 나쁜 징조가 아니다. 사막 한가운데 던져놓아도 현장과 사람을 진심으로 받아들이는 태도가 있어야 좋은 글이 튀어나온다. 그래서 소설가는 적당한 긴장 상태와 막막함을 유지하는 것이다.

그렇다면 쓸데없는 우울은 떨치고 다시 칠암에 집중해보자. 방금 인구 감소를 언급하긴 했지만, 사실 이런 고민은 2020년대의 대한민국 농어촌 어디에서나 가지고 있다. 심지어 부산조차 인구가 줄어 소멸이니 뭐니 호들갑을 떨고 있지 않은가? 시선을 조금만 돌려도 칠암항의 밝은 면은 바로 튀어나온다. 일단 다른 어항보다 조업이 훨씬 활발한 곳이고 붕장어, 등대, 해녀, 방파제 등의 관광자원으로 주목받는 장소이다. 곁에 있는 김 팀장을 보라. 운전하는 내내 칠암항 얘기로 침이 마를 지경이다.

"여기는 횟집이 쫙 깔려가지고 괜찮은 데가 참 많아. 등대가 또 예술이야. 야구 등대도 있고, 갈매기 등대도 있는데… 무슨 붕장어 등대도 있어. 하하! 또 부근에 '신평소공원'이라고 있는데 카페하고 풍경이 죽여줘. 아내가 기분만 내키면 무조건 여기로…."

• 칠암항 전경

길남 씨 칠암 어부와 본격적으로 만나다

두 사람은 칠암항에 도착했다. 시간은 오후 1시. 차가운 바닷바람이 휘잉 불어 닥친다.

"겨울이라 그런지 사람이 그렇게 없다야…."

김 팀장이 중얼거리지만 길남 씨의 눈은 부둣가에 가 있다. 그들이 이곳 칠암항을 찾은 이유는 칠암 마을에서 어선 조업과 그와 관련해 종사했던 이들의 생생한 이야기를 써달라는 청탁을 받아서이다. 이른바 '칠암항 어부의 삶 프로젝트'.

"어부의 삶이라… 칠암항의 어부, 그리고 그들의 삶…."

혼자서 중얼거리는 길남 씨의 머리는 복잡하다. 대체 이 미션을 어떻게 처리할 것인가 막막하기만 하다. 아버지가 평생 배를 타셨고, 원양어선원 노조에서 홍보과장으로 5년간 근무했던 길남 씨. 그는 그나마 바다 사나이들과 적지 않은 유대를 했던 경험이 있다. 하지만 다짜고짜 칠암항 어부의 삶이라니….

"네네, 어촌계장님. 며칠 전 연락드렸던 소설가…. 네? 배가 2, 3시에 들이와서 인터뷰할 시간이 없다구요? 아니, 며칠 전에 오늘이 괜찮다고 약속을…. 여, 여보세요? 여보세…."

어찌어찌 알아냈던 새로 취임한 어촌계장의 연락처…. 하지만 조업과 건강 문제 등 여러 사정으로 만나기가 너른 백사장에서 바늘 찾기이다. 다시 막막해진 길남 씨가 머리를 벅벅 긁으며 선착장을 바라본다. 문득 눈에 들어오는 화이트보드와 매직으로 갈겨 써놓은 광고문구.

• 칠암항에서 건조하는 아구

'○○호 직접 잡은 아구, 아구 산적, 아구 대창, 애. ○○횟집 연락처 010-000-0000, 주인백.'

광고라기엔 뭔가 초라한 느낌이다. 하지만 그 아래에 쭉 깔린 여러 개의 건조대를 살피면 생각이 달라진다. 각 판때기마다 기본 60마리에서 80마리까지 아귀들이 정갈하게 널려있는데, 이보다 더 생생한 광고가 어디 있을까 하는 생각이 든다. 그러고 보니 그 뒤에 있는 어선의 선명(船名)이 ○○호로 광고에 언급한 배이다. 선박 앞에서는 어선을 세척하고 그물을 정리하는 작업이 한창이다.

"취재 약속이 깨져서 어쩌냐? 아무나 잡고 물어볼 수도 없을 테고…?"

김 팀장의 질문에 길남 씨의 표정이 단호해진다.

"뭐 우짜겠노? 이 없으면 잇몸으로 비비야지."

심호흡을 후왁후왁 두어 번 하던 길남 씨가 앞으로 나선다. 그는 그물을 정리하는 어부 한 분에게 다가가 질문을 던진다.

"안녕하세요, 말씀 좀 여쭙겠습니다. 제가 여기 칠암항에서 일하시는 어부분들 일하시는 얘기를 좀 들으러 왔거든요. 조업하는 배는 오후 2, 3시쯤 거의 들어온다고 하던데…."

"예, 맞지예. 그런데…?"

"예, 다름 아니라 칠암항에 대한 책이 나올 건데, 제가 여기 칠암항의 어부분들 이야기를 좀 써야 해서요."

그러자 말을 걸 때와 사뭇 표정이 달라지며 손사래를 친다.

"아, 나는 거, 거… 그런 거 모릅니다. 몰라예."

예상했던 모습이다. 현장에서 일하는 선원치고 이런 취재에 바로 응하는 사람은 한 번도 보지 못했다. 사람 대신 파도와 바닷바람, 배의 기관음에 익숙한 사람들…. 눈앞에 던져진 작업에

묵묵히 종사하고, 한 마디로 열 마디를 대신하는 사람들은 뭍에서 다가오는 이런저런 수다에 익숙하지 못하다. 쑥스러움과 괜한 몇 마디로 여러 사람 입에 오르내릴까 하는 걱정이 더 앞서기 때문이다. 그러나 이왕 다가선 마당에 그냥 물러설 순 없는 노릇이다. 마음이 급해서일까? 안 그래도 갱상도 문디 사투리가 붙어있는 입에서 더 억센 발음이 튀어나온다.

"어, 어려운 건 아니고예, 허허허, 그거 있다입니까? 뭐, 요새 고기가 뭐 이떤 기 잡히고, 뭐 요런 것만 말씀해 주시면 됩니다."

"모, 몰라예."

도망가는 손사래와 쫓아가는 걸음을 보다 못했는지, 조업한 물고기를 정리하던 아주머니가 큰소리로 답한다.

"아따, 마! 아구, 아구라예."

길남 씨가 화색을 하며 얼른 돌아서 아주머니께 다가선다.

"그, 그라믄 철따라 잡는 기 달라집니까? 어찌 됩니까?"

"철 따라 달라지지. 아구는 일 년 내내 잡고! 대구는… 저, 저거 뭐시고, 12월달부터 1월 중순꺼정."

"으응, 1월 15일까지."

도망가던 아저씨가 어느새 옆에 서더니 적극적으로 말참견을 한다. 길남 씨는 연신 고개를 이쪽저쪽 돌리며 말씀들을 경청한다.

"지금 말하고 있잖아! 도망갈 때는 언제고? 그라니까 15일까지 잡고. 그라고 가재미도 잡긴 하는데 우리는 주로 아구를 잡지."

"아아, 아구는 1년 내내 가능한 거네요?"

"그렇지."

"아, 그렇군요. 그럼 조업 나가실 때 보통 새벽에 가시지요? 보통 몇 시쯤 나가십니까?"

"새벽에 주로 가지. 3시."

"으응, 3시."

"도망가 쌓더만 니는 와 자꾸 내 말을 따라하노?"

대답이 자꾸 두 번 반복된다.

"으음, 그럼 3시에 나가긴 하는데, 지금 청소하는 이 배는 좀 빨리 들어온 겁니까?"

"야아, 이거는 좀 전에 들어온 거고, 원래 3시 가믄 12시에서 1시 사이에 들어오는 기 정상인데…. 고기가 안 들어오고 빨리 땡기뿌믄 빨리 들어오는 기고, 많이 들어오믄 쪼끔 늦게 들어오고 그라는 기지예."

"으응, 땡기뿌서 빨리 들어온 기지."

"아아, 그렇네요. 그래, 제가 여쭐 말씀이 어려운 기 아이고, 뭐 이런 깁니다. 하하! 그란데 요새 붕장어 마을하면 칠암을 많이 얘기하시는데, 붕장어는 어떻습니까?"

"인자 칠암에서는 붕장어를 많이 안 잡기는 한데… 주낙으로 잡는 어선이 몇 척 있긴 하지요. 또 연화리에서 잡아서 갖고 오기도 하고."

"그라믄 이쪽하고 연화리나 다른 항에서 잡는 주종이 다릅니까?"

"아니지, 뭐 따지면 똑같은데 그쪽에서는 아나고(붕장어의 일본어)를 주로 많이 잡고, 이쪽에서는 요 몇 년간 아구를 주로 많이 잡고. 그 차이지."

"으응, 거기는 아나고, 여긴 아구."

칠암항의 어선들을 살펴보면 주로 10톤 미만으로 연안통발과 연안자망 방식의 조업어선이 대부분이다. 통발은 미끼로 유인해 물고기를 함정에 빠지게 하는 어구이나. 통발 어구는 어구 분류상으로 함정 어구에 속하기에 유인 함정 어구라고도 한다. 연안 통발 어선일 경우 1척당 1,000~1,500개의 통발을 사용한다고 한다.

'자망어업'은 10톤 미만의 동력 어선이나 무동력 어선으로 유자망 또는 고정자망을 사용해 수산물을 포획하는 어업 방식이다. 긴 띠 모양의 그물을 수면에 일직선으로 설치하여 조류나 해류에 흘러가면서 고기가 그물에 끼게 해 어획하는 것을 유자망이라 하며, 바다 깊숙이 설치하는 방식을 고정자망이라 한다.

물론 붕장어를 잡는 연승어선도 존재한다. 주낙이라고도 부르는 이 조업방식은 긴 줄에 일정한 간격으로 낚시를 달아 바다에 투망해 시간이 지나면 고기를 낚는 방식이다. 길남 씨는 우연과 필연이 섞여서 조금 있다 등장할 K 선장과의 취재로 칠암 붕장어 마을의 명성이 유지됨을 확인할 수 있었다. 이 이야기는 조금 있다 하기로 하고, 친절 아주머니와 손사래 아저씨와의 대화를 마무리할 때다.

• 칠암항 어선

"바다 쪽을 쳐다보니 칠암항으로 배 한 척이 들어오고 있다.
오늘 만난 사람들의 이야기뿐이겠는가?
온갖 사연들이 이 항구에 묻어 있을 것이다."

"대구는 15일 들어가믄 금어기거든. 그라믄 일절 안 잡는다 아이가."

"으응, 일절 안 잡지, 대구는…."

손사래 아저씨가 또 같은 말을 반복한다. 길남 씨가 뭘 더 물어보려 하나 아주머니 몇 분이 다가오면서 취재는 뎅겅 끝나고 만다.

"아, 인자 마치고 왔나? 밥 물라꼬 벌써 기다리고 있다더라."

"차에 타라, 빨리 가자!"

갑자기 주위가 정신없어진다.

"저, 저기…. 그러니까…."

눈치 빠른 친절 아주머니가 차에 올라타서 창문을 열더니 이렇게 소리친다.

"저기 입구에 ○강횟집 있지요? 거기가 어선도 직접 운항하고 고기도 잡고 판다 아이가. 글로 가보소. 우리한테는 더 들을 거도 없다."

소설가 길남 씨와 김 팀장은 친절 아주머니의 소개로 ○○횟집을 찾았다. 그러나 방에서 들려오는 "장사 안 해요" 소리를 듣고는 난관에 처하고 말았다. 김 팀장이 주위를 돌아보더니 한마디 한다.

"칠암항 전부가 횟집인데 뭐, 다른 길이 있겠지. 일단 배부터 채울까?"

두 사람은 다른 횟집에 들러 장어구이와 붕장어회(아나고회)

로 점심 식사를 했다. 소주는 딱 한 잔만 했다는 거짓말도 보탠다. 그런데 취재 나왔다는 말을 들은 사장님이 슬쩍 고급정보를 흘린다.

• 칠암항 붕장어 마을

"인자 선원들이 조업 마치고 올 시간이거든예. 저기 부두 끝 오른쪽에 슈퍼가 하나 있습니다. 거기에 몇 분 계실 거고, 또 저쪽 컨테이너 휴게소에서 커피도 묵고 쉬고 하지예."

비밀스런 저음의 목소리에 길남 씨도 "네에, 캄사합니다아" 하고 소리 낮춰 인사를 드린다. 자, 이제 본격 취재 타임이다. 현장을 취재할 때 여러 사람이 있다면 취재는 까다로와진다. 그래서 더욱 긴장하는 길남 씨이다. 특히 바다 사나이들이 뭉쳐 있다면 그들과 동화되기 위해 상당한 공을 들여야 한다. 다시 말하지만 한 마디로 열 마디를 소통하는 이들이 그들이다. 그들의 생태를 조금이라도 알고 가야지 생짜 모르고 다가서면, 철없는 뭍의 먹물이 멋모르고 나대는 꼴이 되고 만다. 대신 여럿을 상대할 때는 큰 장점이 하나 있긴 하다. 단체로 마음을 열면 말 그대로 태평양의 친절과 이야기가 쏟아진다. 그는 원양노조에서 이런 일을 자주 겪어 보았다. 울산슈퍼 내부를 살펴보니 테이블에 다섯 분이 앉아 막걸리를 나누고 있다.

• 소설가 길남 씨가 눈물 쏙 빼며 인터뷰를 진행한 울산슈퍼

"김 팀장아. 내가 아무래도 청문회를 당할 거 같으니까, 뒤에서 보디가드 좀 해도."

길남 씨는 김 팀장에게 이렇게 이르고는 용감하게 슈퍼 문을 열고 들어섰다!

어서 오이소. … 응? 그기 무슨 소린교, 어데서 왔다고? 칠암하고 다른 데도 구분 못하는데 무슨 취재야? … 명함이라도 하나 내놓고 얘기를 해야지! … 방금 뭐라했노? 이런 사람들? 우리가 이런 사람들이가? 으이? … 그라이까 칠암항 어부의 삶을 이야기 한다꼬? 먼저 우리 이야기 한 번 들어보소! … 응? 이래가 되겠나? 작가 양반. … 아, 형님 어디 가요? 응, 나는 이 양반들하고 이야기 좀 더 할게. … 거기 뒤에 서 있는 양반하고 여기 옆에 앉아 보소 …

약 30분간의 청문회가 끝나고 자리에는 두 분이 남았다. 길남 씨와 김 팀장이 권하는 소주 몇 잔을 마시고는 얼굴이 벌게져 앉아 있다. 진입장벽이 높았지만 아슬하게 통과! 바야흐로 태평양이 열릴 차례이다.

"나는 원래 제주가 고향이라. 그런데 여기 칠암항에 오니까 어선들이 있어. 내가 원래 엔진을 좋아했거든. 그래가 호기심이 동해서 배에 올라갔지. 기관 만지는 걸 보고 있는데 용케 내가 아는 엔진이라. 그래서 '기관장님, 그 부품은 거기에 넣는 게 아닙니다'라고 했지. 살펴보니 내 말이 맞거든? 그때 갑판에 소리가 뜨덕뜨덕 나더니 선주가 올라온 거예요. 그러더니 대뜸 '당신 누구요?' 이러는 거야. 그래서 '아닙니다. 배를 좋아하는 사람입니다. 기관 부품 조립이 잘 못 돼서 설명 드리는 중입니다' 이랬지. 근데 그러니까 '이 기계 알아요? 시동 걸 수 있어요?' 하는 거야. 그래서 발카를 거는 식인데 시동을 걸고 에어를 걸어 뒀지. 그걸 보더니 선주가 '나오세요, 나와!'하는 거야. 그때 당시에 그분 형님이 장사하던 칠암상회로 데려가더라고. 그라고 한 잔 권하면서 '당신 몇 살이요?' 하더라고. '서른세 살입니다.', '당신 아까 그 기계 알아요?' 해서 '네, 제가 좋아했던 기곕니다'

했지. '그럼 당신 뭐 할 거요.', '아, 그냥 배를 탈까 싶습니다' 그랬더니 대번에 '당신 그럼 우리 배 기관장 하소.' 이러는 거야. 그래가지고 그게 인연이 돼서 배를 탔지. 그런데 원래는 저기 고리 원자력 발전소에 친척 소개로 취업을 하러 왔었어요. 어쨌든 그런 인연으로 내가 여기에 38년간 눌러앉았지. 허허허!"

이제 배에서 내린 지 3년쯤 됐다는 기관장의 눈시울이 슬쩍 붉어진다.

"행님, 뭐가 또 그래쌓노? 배 탔으면 배 탔고, 살았으면 살았는 기지…."

곁에 자리를 지키고 있던 K 선장이 젖은 위로를 건넨다. 이제 화제와 화자가 바뀔 때이다. 각자 가슴에 담아놓은 사연이 많기에 이야기는 정리되지 못하고 산으로 바다로 이리저리 떠돈다. 길남 씨는 틈을 보아 슬쩍 옛날 조업했던 때를 다시 물어본다.

"그럼 그때하고 지금하고 조업했던 장소나 어종도 많이 다를 것 같은데 어떻게 바뀌었을까요?"

"80년대 90년대 초만 해도 물메기도 많이 잡았지. 그때는 지금하고 달라서 그냥 찌께바리, 그라이까 물메기 같은 거는 그냥 갖다 버렸거든. 옛날에는 쌍끌이, 그라이까 일명 고데구리! 요새말로 저인망이다, 이거지. 지금 그런 걸로 조업하면 큰일 난다. 싹쓸이 아이가? 바다 밑바닥까지 생태계를 박살 내는 거거든. 그기 또 세월 지나면서 조업방식이 바뀌가… 가자미도 많이 잡았고, 삼치, 삼치 잡으러 많이 갔지. 그때는 허가제도가 널럴해서 전라도 거문도, 마라도, 위도까지 삼치를 잡아 오고 했지.

지금은 부산은 부산 허가, 경남은 경남 허가, 딱 지키야 돼. 우리 칠암에서 배 타고 출발해서 30분만 가면 울산이거든. 간절곶이 경계선이야. 그래서 거기까지 가면 안 돼. 저기 신항만까지도 못 가는데…. 넘어서면 위법이에요. 경계로 치도 어부들 애로사항이 많지요. 바다는 대변항까지 가도 울산해양경찰서고 육지는 행정구역이 부산이거든. 이거 헷갈리고 애매하거든."

K 선장은 배가 두 척인 선주이다. 그는 칠암항에서 주낙을 이용한 붕장어 조업도 겸하고 있다.

"나는 여기서 태어나서 초등학교 4학년 다니다 말은 사람이에요. 그라고 딸만 네 명이에요. 어린 그 시절부터 지금까지 배만 타가지고 딸 넷이를 다 키웠어요. 시집 다 보냈습니다. 그래도 나는 원칙이 있어. 부지런히만 하믄 된다 이거지. 나는 열두 살부터 배를 탔거든."

열두 살…. 길남 씨와 김 팀장이 잠시 아무 말도 못하고 먹먹해진다. 문득 그의 손을 바라보게 된다.

"빈손으로 시작해서 지금까지 왔어. 그 당시 집에 못 묵고 살다 보이 '우리 아아 뱃일 좀 가르키 주이소.' 하고 배를 태웠던 기야. 밥하고 설거지하는 화장(말단 견습 선원을 이르는 말이라 한다)부터 시작해 선원, 기관장으로 차츰 올라갔지. 78년도에 기관장 자격을 땄거든. 우리야 없이 살고 못 묵고 못살았으이 배운 게 뱃일밖에 없고, 이걸 하다 보이 한 세월 그냥 쭉 갔던 거지. 인자 후계자도 별로 없단 말이지. 요새 뱃일 배울라 카나? 그라이까 어촌 인구도 줄고 자꾸 배도 줄고 그라는 기지…."

아까 기관장 '행님'을 위로하던 그의 눈도 슬며시 촉촉해진다. 이제 이야기를 끝내고 일어날 때이다. 이야기를 나눈 지 벌써 세 시간이 흘러가 있다.

"오늘 이야기 너무 감사했습니다."

밖으로 나가자 차가운 바람이 다시 불어 닥친다. 같이 따라 나온 K 선장이 눈을 끔뻑끔뻑하더니 길남 씨를 향해 말한다.

"날도 추운데 우리 집에 가서 따신 커피나 한 잔 할라요? 춥다."

많은 이야기가 오고 갔는데도 남은 이야기가 한참이나 더 있는 것 같다. 김 팀장을 바라보자 그도 고개를 끄덕인다. 바다 쪽을 쳐다보니 칠암항으로 배 한 척이 들어오고 있다. 오늘 만난

• 집으로 향하는 K 선장과 김 팀장

사람들의 이야기뿐이겠는가? 온갖 사연들이 이 항구에 묻어 있을 것이다.

"칠암 어부의 삶이라…."

혼자 중얼거리던 소설가 길남 씨가 앞서 걷는 K 선장의 뒤를 좇기 시작한다. 김 팀장이 네, 네 하며 뭔가 대답하고 있다. 벌써 또 다른 이야기가 시작된 모양이다.

다시 들른 칠암

그 맑았던 날, 친구 김 팀장과 함께 칠암 어부들의 이야기를 담았던 소설가 길남 씨. 그는 며칠이 지난 뒤 다시 칠암항을 찾았다. 겨울비가 스산하게 내리고 곁에 있는 이가 아내 전선 양이라는 점이 다르다. 며칠 전 식겁했던 울산 슈퍼를 거쳐 칠암 방파제의 야구 등대로 걸어가는데 전선 양이 묻는다.

"오빠, 바다에서 휘휘 소리 나는 거 저기 해녀들이 내는 거지?"

그러자 살짝 뻐기는 투로 아는 척하는 길남 씨.

"내가 말했다 아이가? 해녀들이 바로 앞에서 물질한다고."

그렇지만 호기심에 고개를 쭉 빼는 건 그도 마찬가지이다. 문득 왼쪽으로 배 들어오는 소리가 들린다. 연신 사진을 찍는데 방금 잡아온 아귀가 어창에 그득하다.

"저건 붕장어 잡는 배가 아니야. 그건 주낙이라고 해서 낚시

• (왼) 칠암항 야구 등대
• (오) 칠암항 전경

로… 어, 나 누구한테 말하는 거니?"

전선 양은 설명충의 곁을 떠나 이미 야구 등대 앞에 섰다. 얼른 달려가는 길남 씨. 작고 아담한 등대는 많은 사연을 담은 듯하다. 다 좋은데 관광객들이 버리고 간 일회용 종이컵이 여기저기 널브러져 있다. 일부 몰지각한 사람들로 인해 청정해역이 오염되지 않을까 걱정이 생긴다.

"오빠, 그런데 여기 횟집 거리 전체가 '문오성길'이라는데 문오성이 대체 뭐야?"

잘난 척하던 길남 씨가 당황하며"그, 그거 여기에 유명한 사람 이름일걸…." 하며 얼버무린다. 하지만 휴대폰을 살펴보던 전선 양이 당장에 무안을 준다.

"뭐라 하노? 이 동네 마을 다섯 개를 묶어 문오성이라 한다는구만. 우리 그때 밥 먹고 참참이하고 고동 잡았던 동네가 동백이라네, 아까 저 울산 슈퍼 아주머니가 여기는 신평이고 바로 옆이 칠암이라 했잖아. 우리 있는 데가 칠암이니까 저기 횟집 거리 끝나는 데가 문중하고 문동이겠네."

순식간에 지리 공부를 한 셈이다. 머리를 긁적이는 길남 씨….

신라에서 고려, 조선, 일제강점기까지 이곳 문오성은 물자 유통의 중심지로 해창(海倉, 갖가지 물자를 보관하고 배로 운송하던 창고)역할을 하던 곳이었다. 울산을 비롯해 동부 경남 일대의 각종 물자를 한양으로 실어 나를 때 문동, 문중, 칠암, 신평, 동백 다섯 개의 연이은 작은 마을과 항. 포구를 바로 문오성이라 부른다는 것.

길남 씨는 또 하나의 교훈을 얻는다.

"쓸데없이 아는 척하지 마!"

두 사람은 문오성길을 따라 방파제가 이어진 칠암 해변 끝까지 갔다 다시 돌아온다. 판이 펼쳐진 건어물 장터가 제법 구경할 만하다. 장터 한 편에서 할머니 한 분이 무언가를 장만해 씻고 있다.

"우와, 이거 아구간 아닙니꺼?"

"아이고, 젊은 양반이 이런 건 우째 아는고?"

푸아그라에 맞먹는 맛으로 유명한 아구간이 대야에 가득 차 있다.

"두어 달 전에 주말에 오니까 손님이 좀 있던데 요새 장사는 어떻습니까?"

"손님은 무슨? 뭣이 있는교? 코로나 땜에 죽을 쑨다 쒀."

아구간 할매가 인상을 쓰자 그 곁의 테니스 모자 할매가 대거리를 한다.

"그래도 우리 칠암에는 장어도 묵으러 오고, 사람들이 왔다 갔다 안 하나? 다른 데보다 훨씬 낫지."

"아이고, 힘이 퍽퍽 나는가베, 그래 맞다, 우리는 고기도 잽고 말리고 팔고…. 마, 딴 데 보다 낫다! 하하하하!"

가뜩이나 힘든 시절이다. 그래도 서로 격려하고 웃는 아주머니들의 정이 넘쳐흐른다.

길남 씨는 문득 며칠 전 만났던 어부들을 떠올린다. 그들의 삶을 만나며 느낀 것은 칠암이란 곳이 사람을 품는 곳이라는 점이었다.

"여기 칠암은 어머니 아버지 집에 찾아가는 마음으로 오면 돼요. 나도 태어나서 지금까지 여기서 그렇게 살고 있고, 앞으로도 그럴 거고…."

• 칠암항 노전 좌판

"내가 원래 타향사람이야. 내가 배 기관을 구경하니까 기계를 아냐고 물어. 그래서 안다고 하니까 대뜸 따라오라는 거야. 따라갔지. 그러니까 척 봐도 믿음이 가는데 한 번 같이 해보자고… 그래서 여기 눌러앉은 게 38년이야…."

다만 뱃사람뿐이랴? 칠암은 멀리 제주에서 온 해녀들도 받아들였다.

등대를 구경하러 나선 길에 물질을 하는 해녀들이 눈에 들어온다. 그러고 보니 바닷물이 참 맑다. 점심을 먹으러 가던 길에 만난 해녀 할머니께 궁금한 것을 묻는다. 오늘 잡은 걸로 전을 펼쳐놓았다. 뿔소라, 멍게, 해삼, 군소, 성게알, 미역…. 신선한 해물이 펼쳐져 있다.

"이거 직접 따신 겁니까?"

"예, 해삼 그거는 고노와다(해삼 내장)로 다 드실 수 있어예. 뿔소라 이건 삶아 드시면 되고…."

"아, 보통 물질을 아침에 가십니까?"

"예에."

"저기요, 제가 말씀드릴게요."

"어어! 인자 오나?"

대화 도중에 저쪽에서 젊은 여성 한 분이 쫓아온다. 뛰어와서 그런지 잠시 숨을 돌리는 그분은 해녀 할머니의 딸.

"엄마 아직 귀마개를 해서 잘 안 들리세요. 안 그래도 고막도 좀 안 좋으시고."

"아, 그렇군요."

"칠암 여기 해녀분이 많은가 봐요."

"예, 지금 저기 사무실로 가도 세 분쯤 계실 거고, 저기도 보이시지요. 엄마, 인자 집에 올라가라." 그러자 고개를 끄덕이며 자리에서 일어나는 해녀 할머니. 그런데 아무것도 챙기지 않는다. 말 그대로 딸에게 모든 걸 맡기고 빈손으로 자리를 떠난다. 말로 표현되지 않는 끈끈함이 느껴진다.

"주로 아침 여섯 시쯤에 많이 나가시지요. 아니, 아니요, 배는 타지 않구요. 그냥 바로 이 앞 해변에서 물질하고 따시는 거예요."

"저기 칠암에 예전부터 해녀분들이 쭉 계셨습니까? 아니면 다른 곳에서 이주하신 분들이 계신가요?"

"아, 예. 여기엔 해녀들이 계속 있었어요. 그리고 저희 같은 경우에는 제주에서 오지 않았습니까? 한 45년 넘어가죠."

"아, 제주도에서 온 지 45년? 뭐, 영도 이런 곳을 거치지 않았구요?"

"예, 바로 이쪽으로 왔지요. 그러니까, 제가 대여섯 살 때 초등학교 들어가기 전에 왔으니까…. 여기 해녀들은 제주 말고 육지 분들도 많이 계세요."

"그럼 오신 지가 70년대에서 80년대 초반쯤 되겠네요?"

"호호호, 한 번 계산을 해보세요. 그쯤 되겠지요."

바구니 가득한 소라를 살펴보며 나중에 꼭 사야겠다고 중얼거리는 길남 씨. 제주에서 왔다는 해녀 모녀와의 만남에서 소중한 이야기를 또 들을 수 있었다. 그는 다시 한번 느낀다. 칠암은 사람을 품는 고장이라고.

칠암항 주변을 왕복한 두 사람은 내친김에 입소문으로 유명한 신평소공원까지 다녀오기로 했다. 분위기 있는 카페와 식당, 잘 정돈된 공원이 매력적이긴 하나, 비 오는 풍경 속에 고즈넉한 바다 풍경이 압권이다. 바닷가의 층암 사이로 해녀들의 휘휘 소리가 파도와 함께 넘실댄다.

"우리 참참이 데리고 오면 진짜 좋아하겠다."

길남 씨도 등교한 딸 참참 양을 생각하던 참이다. 가족 단위로 찾아도 안성맞춤인 공간이다. 구경도 했으니 이제 배를 채울 시간이다. 안 그래도 배에서 꼬르륵 소리가 요동을 친다.

"전에 취재할 때 만났던 선장이 직접 잡은 붕장어로 운영하는 횟집이 있거든?"

장어구이와 서비스로 받은 아나고회는 입에 넣자마자 녹아버린다. 앞선 취재에서 들렀던 두 횟집도 맛으로는 선두였는데 이곳은 또 다른 특색의 맛이다. 전선 양이 사장님의 추천으로 다시마와 해초에 방금 구운 장어를 싸 먹더니 고개를 연신 끄덕인다. 길남 씨도 같이 고개를 끄덕이며 혀가 녹는 맛을 음미한다.

"칠암이 붕장어로 와 유명한지 인자 알겠세? 식인다! 그런데 내 소주 한 병만 묵으면 안 되나?"

"응, 안 된다."

단칼에 처형당한 소설가가 서글프게 물 한 잔을 마시다가 반찬으로 나온 파김치에 눈이 쏠린다. 그는 아쉬움을 달래려 사장님께 묻는다.

"여기 칠암에는 붕장어 말고 쪽파도 유명하지예?"

"말이라꼬예, 저기 해안 뒤로는 산이라서 쪽파 농사가 잘 되지예. '기장쪽파'라 해갖고 브랜드도 있을걸요?"

기장쪽파는 명성이 자자한 동래파전의 재료로 사용될 정도로 인정받아 왔다. 쪽파 재배는 그 유래도 깊다. 조선시대 문인이자 학자였던 심노승이 기장으로 유배 왔을 때 '남천일록(1806)'이란 책을 남겼는데 거기에 쪽파 재배의 모습이 담겨있다. 200년이 훨씬 넘도록 재배되며 맛으로 소문난 기장쪽파는 문오성 지역을 중심으로 약 300 농가에서 재배되고 있으며, 매일 불어오는 해풍으로 인해 그 맛과 향이 진한 특성이 있다고 한다.

• 조업을 마친 어선의 귀항

든든하게 먹고 나오니 흐렸던 날씨가 다시 가랑비로 바뀌어 있다. 저 멀리로 어선 한 척이 돌아오는 모양이다. 항 안쪽에선 말리던 건어물을 다시 걷느라 부산한 움직임이다. 조용한 듯 바쁘게 움직이는 사람들이 칠암항이 살아있음을 보여준다.

소설가 길남 씨는 며칠 전 이곳을 찾을 때 느낀 우울이 어느새 사라졌음을 깨닫는다. 언제 와도 반겨주며 사람을 품는 곳… 칠암항의 푸근한 포용에 그 또한 마음을 녹이고 돌아간다.

"여기는 언제 와도 어머니 아버지 집에 찾아오듯 오면 돼요."

돌아가는 길에서 멀어지는 바다를 바라보던 길남 씨의 귓가에 K 선장의 말이 맴도는 듯하다.

• 칠암항 풍경

우암동
소막마을

많이들 살았던 소막마을

인터넷 지도에서 소막마을을 검색하고 주소를 예전의 지번으로 변환하면 어딘가 들어본 익숙한 번지가 튀어나온다.

"본적, 부산시 남구 우암동 189번지…."

영화 <친구>의 주인공 유오성, 그러니까 준석이가 재판받을 때 부르던 본적이다. 그런데 단순한 영화 속 주소임에도 불구하고 이 대사 아니, 이 주소는 많은 부산사람의 추억을 건드렸었다. 지금도 간간이 인구에 회자 될 만큼 큰 반향을 일으켰었던 '남구 우암동 189번지'. 과연 이 주소에 담긴 사연은 무엇일까?

여름이 흘러가고 가을이 다가오던 9월의 어느 날, 소설가 길남 씨는 부산 남구 장고개로 9번길, 즉 우암동 189번지에서 할머니 다섯 분과 한참 동안 이야기를 나누고 있다.

할머니 한 분이 이렇게 말씀하신다.

"많이 살았제, 그럼 진짜 많이들 살았지."

"할머니는 여기 처음에, 몇 살 때 오싰는데예?"

"내는 네 살 때 여기 처음 이사 왔지. 6·25 생기기 전에 해방되고 나서."

"그라믄 그래도 어리실 때인데… 사시는 데가 소 키우던 소막인지는 알고 계셨습니까?"

길남 씨가 소막 얘기를 슬쩍 끼워 넣자 목소리 톤이 올라가신다.

"어릴 때야 집에 저기가 소막인지 뭔지 우리가 뭐 아나? 신경도 안 썼지."

"와 몰라? 지천에 소 외양간인데. 그냥 그런 건물 안에 천 쪼가리, 장롱 같은 거로 벽을 지아가 몇 집이 같이 살았지."

"말도 마소. 소가 있던 덴 줄은 알고 있었지. 좀 크다 싶은 데는 사람들이 다 들어가 살았고, 작은 데는 내나 소도 키우고 돼지도 기르고 안 그랬나?"

"그래도 밑에 층은 주인집이고 그 위에 다락은 셋방 사는 사람들이라. 하이튼 마이 살았지."

"우리 집은 그래도 해방 전에 왔으이께 그래도 좀 넓은 데 있었고, 후에 전쟁 나고 사람들이 막 들어왔지."

"전쟁 나고 다른 데로 갈 데가 없으니까 피란민들을 우암동으로 많이 보냈다면서요? 수용소가 어딨었는지 아세요?"

길남 씨가 수용소에 대해서도 돌려 묻자 명쾌한 답이 쏟아

• 소막마을 입구

진다.

"아이, 거게가 바로 요게 아이요? 소막사 쓰던 기 많았으이께…. 뭐, 건물 같은 기 좀 있으니까 일로 다 보냈지."

"그때 사람들이 들어와도 엄청 들어왔어."

"저어 위에 검역소로 쓰던 건물은 그대로 두고, 그 주위로 전부 빽빽이 들어가 살았지."

"그라이까 11시 반인가 전기를 꺼뿌고 4신가 5시에 전기를 넣었어. 건물로 들어온 한 전깃줄을 몇 줄로 나눠 가지고 벽으로 쓰는 판자 사이로 넘구고, 넘구고 그랬지. 그래가 이 집에도 불 키고 저 집에도 불 키고 안 그랬나."

할머니들과의 대화의 핵심은 바로 "많이 살았다"이다. 물론 오래 살았다는 뜻도 있지만 사람들로 북적거렸단 얘기가 더 하고 싶으시다. 그럼 도대체 일마나 많이 살았을까?

"아이고, 아아들 학교 소풍갈 때 생각 안 나나? 쩌어기 위에 서부터 산에서 내리오는데 사람이 잠시도 설 수가 없어. 막 밀리 내리갔다 아이가. 소풍 갔다 내리오는 아아들이 하도 많아가…."

"겨울에 얼어 죽을 만큼만 아이면, 여게 길 양쪽에 소 구루마 놔뚜놘 대로, 사람들이 전부 거기서 눕어 자고 그랬어."

"사람은 많고, 집은 하도 좁아 쌓고 그라이까…. 모기고 뭐고 벌레도 많이 물렀다."

"그라이까 11시 불 꺼질 때까지 시끌시끌한 기라."

길남 씨는 2년 전 돌아가신 외할머니가 갑자기 떠오른다. 중앙시장 썩은 다리에서 5분 거리인 외갓집도 공중화장실을 썼고 부근에 철도가 지나갔었다. 제사 때면 좁은 집에 모든 식구가 못 들어가 길가 평상에 대부분이 나와 있었던 옛 추억도 스쳐 지나간다. 우암동에는 아직도 감만동 미군 부대가 가끔 이용하는 철도가 부두 쪽으로 깔려있다. 그 철도는 외갓집이 있던 문현동,

전포동 쪽으로도 이어져 있었지만 이제는 구간이 없어진 지 오래다.

"그라고 공장이 많이 생기고 하이까 일하는 사람들도 많이 왔제. 동명목재, 성창기업, 방직공장, 신발공장, 유류공장 생기니까 사람들이 더 들어왔제."

"저기 장고개 입구에 주유소 저기에 기름 탱크가 커다란 기 두 개 있었는데, 그 터가 넓어가 서커스도 오고, 노래자랑도 하고 그랬제."

할머니들의 눈가가 촉촉해진다. 이미 주름살이 펴진 채로 10대, 20대가 되어 그 시절로 돌아가 있는지도 모른다.

소설가는 우암동 189번지가 왜 그렇게 큰 반향을 일으켰는지 이제야 알 것 같다. 그토록 많은 이들이 거쳐 갔던 이곳은 꿈을 키우던 제2의 고향, 제3의 고향일 수도 있고, 지우려 해도 지울 수 없는 흉터 같은 공간일 수도 있을 것이다. 정말 정말 많은 사람이 삶을 이어가기 위해 몸을 눕혔다 일어나고 먹고 서로 부비며 살아갔던 공간….

바로 부산시 남구 우암동의 소막마을이다.

우암동은 도대체 어떤 곳일까?

소설가 길남 씨는 우암동이란 이름을 들으면 수많은 만감이 교차한다. 그에게 고향을 묻는다면 부산 남구 대연동이라 한 번에 툭 내뱉지만, 우암동은 뭐라고 단정 지어 말하기가 애매하다. 스무 살부터 마흔 살까지 청년 시절을 모두 보낸 곳인데도 뭔가 항상 떠나야 할 곳으로 여겼던… 대학에 첫사랑에, 군 입대에, 이별에, 취업에, 등단에, 결혼에, 자식에…. 온갖 희로애락의 첫 시작이 모조리 담겨있는 동네인데도 그러하다. 마치 소막마을 189번지를 거쳐 떠나갔던 그 사람들과 같은 심정이랄까?

이랬거나 저랬거나 개인적 심사는 젖혀두고, 어쨌거나 우암동은 말할 거리가 많은 동네이다. 길남 씨는 살아왔던 세월이 있는 만큼 이 동네에 대해 아는 척을 조금 할 참이다.

그는 먼저 우암동(牛岩洞)은 이름에서부터 확고한 자세를 보인다. 한자 이름에서도 알 수 있듯이 이곳의 순한글 이름은 '소바우골'이었다. 우암동의 우암포는 부산포를 바라보는 천연의 포구였기에 육로보다 배로 사람들의 왕래가 잦았던 곳이었다. 이 포구 안의 언덕에는 큰 바위가 있었는데 그 모양이 소와 같다고 하여 우암포라고 했다. 오늘 주로 이야기할 소막마을과 관련된 이출우검역소(移出牛檢疫所)와 우암동 이름의 유래와는 아무런 관련이 없다는 것을 여기서 밝혀둔다. 인터넷을 조금만 뒤져도 알 수 있는 내용이건만 길남 씨는 이 점을 몇 번이고 강조한다. 왜냐하면 우암동이란 바다 저편에서 바라본 외지 사람의 시선이 담긴 이름이기 때문이다. 부근 동구도서관이 있는 산이 솥뚜껑 모양이라 부산(釜山)이라 불렸듯이 이곳 또한 보이는 대로 이름이 지어졌다. 길남 씨는 이 부분에 큰 의미를 둔다.

부산이 본래 거주하던 사람들과 외지에서 유입된 사람들이 뒤엉켜 조화를 이룬 도시이기에 그 이름의 유래도 찬찬히 뜯어 볼 필요가 있다는 것이 길남 씨의 의견이다. 오늘따라 대단히 똑똑한 척하는 길남 씨인 것 같지만 자기가 살았던 동네 이야기하는 데 뭐 거리낄 것은 없다. 거기에다 이바구의 끝판왕 부산 할매들이 시작부터 증언해 주시지 않았는가? 소막마을의 시작은 분명한 이주촌이다. 부산의 탄생과 발전의 시작인 이주촌의 역사를 이곳 소막마을에서 살필 수 있다는 사실. 소설가는 이런 시점에서 우암동의 특별한 의미들에 대해 썰을 풀어보려 하는 것이다.

우암동은 역사적으로도 중요한 역할을 했던 곳이다. 일단 산을 하나 걸치고 바다와 접해 있어 남구 전체로 보면 살짝 숨겨진 마을 같은 느낌이다. 하지만 지금의 동구와 서구, 영도구에 해당하는 부산성과 부산포, 그리고 초량왜관 등지와 가장 활발하게 교류를 했던 곳이 바로 우암동이었다. 그래서 동래부와 부산성, 다대진의 골치였던 표왜(침몰한 왜선의 선원 등 표류하다 구조된 왜인)의 수용소인 표민수수소(漂民授受所)가 있던 곳이기도 했다.

또 언덕의 색깔이 붉어 외지 사람들, 특히 바다에서 이곳을 바라본 일본인들은 아카사키, 즉 적기(赤崎, Jeokgi)라 불렀다. 지금도 택시 기사를 오래 하신 분들은 적기로 가자고 하면 바로 우암동 쪽으로 핸들을 돌린다. 1980년대 초까지도 적기라는 명칭이 남아있었으나, 1982년에 적기1가는 문현4동으로, 2가와 4가는 우암동으로, 5가는 감만동으로 편입되었다.

그런데 여기서 언급한 적기는 수용소와 채석장이란 단어와

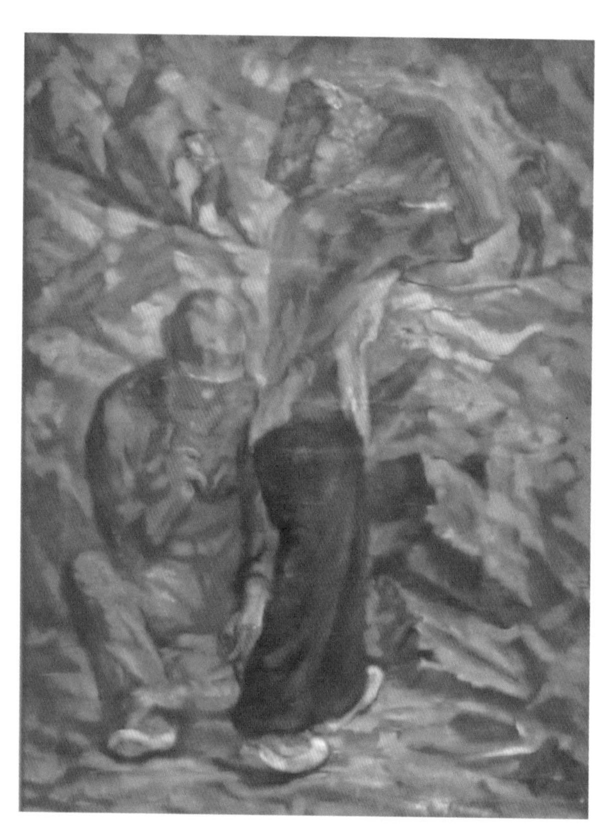

• 한상돈, 〈적기채석장〉, 1966년, 부산시립미술관 소장

들러붙어 묘한 분위기를 자아낸다. 한국전쟁 당시 우암동에는 피란민을 수용하던 우암동 수용소와 돌을 캐던 채석장이 있었다고 하는데… 여기에 적기를 붙여 적기수용소, 적기채석장이라 부르는 식이었다. 많은 사람이 나고 들었던 우암동에 별칭이 없었으랴? 다만 적기란 이름이 특이하니까….

앞에서도 말했듯이 피란민 수용소는 따로 만들어진 것이 아니라, 소 검역소 주변 소막에 피란민들이 거주하며 생긴 이름이라 볼 수 있다. 그렇다면 지금은 흔적도 없는 채석장은 정말 있었을까? 아까 이야기를 나눈 할머니들도 고개를 갸웃거리며 잘 모르시는 눈치다. 다만 저기 신선대 부근에 채석장이 있었다는 이야기가 나오는 것으로 보아 감만동이나 신선대도 적기로 묶어 불렀다는 의견이 더 맞는 것 같다.

어쨌든 채석장은 분명 있었나 보다. 부산에서 거주하며 한국화단에서 이름을 날렸던 한상돈 화백의 걸작 <적기채석장>이 바로 그 대표적 증거이다. 1966년에 그린 이 작품은 채석장의 현장과 돌을 나르는 노동자, 잠시 앉아서 담배를 피워물며 쉬는 노동자의 모습이 절묘하게 포착되어 있다. 당시의 우암동을 살짝 엿볼 수 있는 귀한 작품이다.

소막마을의 탄생과 지금

일제는 수많은 소를 일본으로 반출해 갔다. 그 흔적은 부산 여러 곳에 남아있는데 소의 질병 등을 검사하던 혈청소가 서구 암남동에 남아있다. 또 소 수출을 위한 검역 사무를 보는 이출우검역소(移出牛檢疫所)가 바로 우암동에 있었는데, 이곳과 그 부대시설이 소막마을의 토대가 된다.

1930년대에는 연간 5만여 마리에 달하는 소가 일본으로 반출됐다고 하니 어마어마한 숫자이다. 할머니들의 증언에 따르면 커다란 검역소와 소를 씻는 우물, 소막, 소 화장터 등등 그 부대시설만 해도 엄청나게 넓었다고 한다. 자료에 따르면 소막은 1동을 2칸으로 나누어 한 칸에 60여 마리의 소를 수용했는데, 이 소막이 19개 동이 있었다고 한다.

소막마을은 2018년 5월 8일 대한민국의 국가등록문화재 제715호로 지정되었다. 또 2022년 12월 문화재청 문화재 위원회에서 유네스코 세계유산 잠정목록으로 선정했다. 2028년까지 유네스코 세계유산 등재를 목표로 하고 있다니 기대해 볼 만하다. 현재 소막마을의 대표적 주택으로 볼 수 있는 건물은 기념관으로 복원되었다. 2020년 찾았을 때보다 한결 잘 정돈된 모습이다. 남구는 주민공동체센터를 2020년 2월 7일 개소하고 운영하고 있다.

하지만 수식어만 화려할 뿐…. 이곳에 넘치던 사람들은 이제 없고 마을은 쇠퇴했다. 길 건너 황량한 컨테이너 부두와 함께 마을은 조용하기만 하다. 여전히 대문과 마당 없이 골목에 따닥따닥 붙은 나래비(줄세우기식) 집들이 대부분이며 아직도 공동화장실을 쓰고 있는…, 시간이 멈춰진 마을이다. 더 아이러니한 것은 문화재로 지정된 구간에서 불과 100미터도 떨어지지 않은 구역이 재개발로 폐허가 되었다는 점이다. 폐허는 곧 아파트의 숲으로 변해 지난 사람들의 이야기를 지워버릴 것이다.

할머니들은 사는 곳이 문화재가 됐다고 해도 별로 즐겁지 않은 표정이다.

• 소막마을에서 만난 할머니들

여전히 대문과 마당 없이 골목에 따닥따닥 붙은
나래비집들, 이곳은 시간이 멈춰진 마을이다.

“여기 바닥을 전부 이 꼬라지로 해놓으니까 빗자루로 암만 쓸어도 깨끗해지지도 않고, 물을 뿌리면 밑으로 다 샜뿌가 냄새가 없어지지도 않고….”

골목 골목을 시멘트 바닥 대신 우레탄 바닥으로 해놓았는데 썩 좋은 효과를 거두지 못한 인상이다.

“내는 요기 쇠로 장식해 놓은 데다 머리를 두 방이나 박아서 영 안 좋아요.”

할머니들이 앉아 계시는 쉼터를 장식해 놓은 소막마을 기념 장식들을 두고 하는 말씀이다. 더 많은 이야기가 있었지만 그냥 비워두기로 한다. 일제강점기, 해방, 한국전쟁, 산업화 시대의 모든 부분을 아직 그대로 간직한 소막마을…. 이곳은 그런 역사적 의미도 있지만 70년 이상을 살아오신 분들의 삶의 터전이기도 하다. 문화재 지정이 이들을 도리어 불편하게 해선 안 될 것이다.

한국전쟁 이후 소막마을은 피란민들을 수용하면서 그 넓이를 더욱 확장했다. 그 흔적을 보여주는 것이 우암골목시장(우암동구시장으로 부르기도 한다)이다.

소막마을 할머니들의 증언에 따르면 시내로 나서려면 동구나 자갈치로 가는 나룻배를 이용하거나 문현동 쪽으로 넘어가는 장고개를 통해 진시장이나 자유시장 쪽으로 나섰다고 한다. 그리고 사소한 물품을 살 때는 이곳 우암골목시장을 이용했다고 하는데, 지금은 대규모 재개발과 인구의 감소로 시장은 거의 명맥만 유지하는 상태이다. 다만 이 시장에서 시작한 국내 최초

• 밀면 원조 '내호냉면' 부근 소막마을 표지판

의 밀면집 '내호냉면'이 아직 건재하게 자리 잡고 있다.

'내호냉면'은 허영만의 『식객』을 비롯해 수많은 매스컴을 탄 밀면의 원조집이기도 하다. 밀면의 유래가 이북 피란민들의 국수 '냉면'과 미국 원조물자 밀가루의 만남이란 것은 워낙에 잘 알려진 사실. 소막마을이 우리 역사의 한 지점을 뚜렷이 보여준다는 여전한 증거이기도 하다. 개인적으로는 길남 씨의 학원 강사 시절, 이 가게의 발랄했던 손녀를 가르쳤었다는 추억이 그를 한 번 더 미소 짓게 한다.

나는 이곳에서 자라고 이곳에서 결혼하고 지금도 살고 있어

"그란데 소 검역소 있던 데가 어덴 줄 아요?"

길남 씨가 머리를 긁적이자 몇 분이 아는 체를 하신다.

"쩌어기 장고개로 올라가면 아신 아파트 있제, 거기 아이가?"

"그라믄 일로 와 보소. 내가 어딘지 갈카 줄 테이까. 따라와 보소."

• 할머니를 따라서

• 소막마을 골목

길남 씨는 괜히 폐를 끼치는 것 같아 손사래를 친다. 하지만 할머니는 벌써 일어나 길을 가로지르고 계신다. 아직 앉았던 분이 손을 흔들며 목소리를 높인다.

"정자 언니야, 나중에 갔다가 저녁에 온네이."

"어, 어!"

할머니들이 뿔뿔이 흩어진다.

"우리 엄마 이름이 김정자 아이가…."

길남 씨가 잠시 딴생각에 빠져 있는데, 골목길로 들어서던 안정자 할머니가 뒤로 돌아 손짓한다.

"일로 안 오고 뭐하요?"

"아, 네네!"

길남 씨는 후다닥 그녀의 뒤를 따른다. 잠시 앞장서던 할머니께서 걸음을 멈추고 한 집을 가리킨다. 집에서 두 칸 옆은 공동화장실이 있고, 앞은 체육시설이 있는 공터다.

"여기가 우리 집이었지요. 요기서 오래 살았었다. 결혼식도 족두리 쓰고 이 앞에서 했어."

그 이야기를 들으니 평범했던 골목길이 다르게 느껴진다. 그녀의 80여 년 인생과 희로애락이 이 길에 모조리 펼쳐져 있는 것이다. 문득 시끌시끌한 동네 사람들의 목소리와 웃음소리가 들리고, 박수 소리와 노랫가락이 들려온다. 주위를 둘러싼 사람들 속에 수줍게 미소 짓는 신부의 모습이 눈에 보이는 듯하다. 과거의 풍경에 홀린 듯 멍한 길남 씨…. 그 와중에 할머니는 지나가는 행인들에게 세 번이나 인사를 받는다. 소막마을 전제가 그녀의 집인 듯하다.

"저쪽 위로 올라가믄 약국이 있어요. 거기 맞은편에 아신 아파트가 보일 기야. 그 자리가 소 검역소 자리였다 아이가."

길남 씨는 감사 인사를 몇 번이고 드리고는 오르막길을 휘적휘적 올라간다. 이제 이곳 우암동 장고개도 재개발의 날카로운 발톱에 그 뼈대까지 드러낸 상태이다. 아신 아파트 앞에 선 길남 씨가 한숨을 한번 내쉰다. 한국 근현대사의 흔적들이 고스란히 남아있던 우암동 소막마을과 장고개…. 이곳은 이제 새롭게 다시 한 번 태어나려 하고 있다. 그것이 옳은 방향이든 그른 방향이든 오랜 세월의 흔적은 차츰이 아니라 왕창 사라져버릴 것이다.

취재를 마친 길남 씨…. 그는 버스가 다니는 큰길로 내려가

• 나무를 경계로 재개발 구역과 달동네 주택가의 정경이 갈라져 있다.

려다 무거워진 발걸음을 멈추고 만다. 오른쪽으로 등산하듯 오르면 동항성당과 우암동 도시숲으로 일컬어지는 언덕과 포부대길, 신정 마을, 신연초등학교가 나타날 것이다. 그쪽도 재개발이란 이름으로 상전벽해를 이루고 있을 것이다. 그리고 세월을 거꾸로 감당하듯 몇몇 주민들은 아직 예전의 모습 그대로 살아가고 있을 것이다. 길남 씨는 시큰거리는 허리를 주무르며 결국 발걸음을 돌리고 만다. 그러고는 우룡산 방면으로 올라가는 오르막을 헉헉거리며 오르기 시작한다. 어느덧 올라선 우암동 도시숲은 재개발의 살풍경과 부산항을 내려보는 절경이 뒤죽박죽 섞여 있다. 저 멀리 영도 봉래산에 구름이 가득 끼어 있다. 이제 다시 골목을 따라 동항성당 쪽으로 내려간다. 이쪽은 아직 70~80년대 달동네의 풍경이 그대로 남아있다. 소막마을과 장고개 쪽을 바라보자 나무 한 그루를 사이에 두고 오른쪽은 다닥다닥 붙은 주택들이, 왼쪽에는 재개발의 폐허가 펼쳐지는 희한한 풍경이 등장한다.

"하이고, 마…."

길남 씨의 입에서 한탄과 쓴웃음이 저도 모르게 튀어나온다. 이제 우암동을 가득 채웠던 사람들은 사라졌다. 그리고 그 사람들의 흔적도 차츰 지워지는 중이다. 드넓은 부산항을 향해 두 팔 벌린 동항성당의 예수상 부근에서 길남 씨가 발걸음을 멈춘다. 누군가는 여기를 부산의 리우데자네이루라고 했던가? 피식 웃던 소설가가 우암동의 풍경을 살피다 문득 떠오르는 주소를 중얼거려본다.

"부산시 남구 우암동 189번지…."

잠시 눈을 감자 소풍 갔다 뛰어 내려오는 아이들의 목소리가 들리고, 마을 앞 공터에서 행하는 결혼식의 흥겨운 웃음소리도 들린다. 왁자지껄한 노래자랑의 한 가락도 들려오고, 더위를 피해 가게 앞 수레에 널브러진 사람들의 코 고는 소리도 들려온다. 왜 그러는 걸까? 길남 씨의 코끝이 찡하더니 이내 눈물이 핑 돌기 시작한다. 눈을 얼른 뜬 소설가가 눈가를 비비며 슬쩍 잠긴 목소리로 중얼거린다.

"아따, 마아… 와 또 이라노?"

쿠콰쾅! 하늘도 슬픈지 갑자기 비를 뿌린다. 서둘러 골목을 내려가는 소설가의 뺨에 아마도 빗물인 것이 줄줄 흘러내리는 것이었다.

• 동항성당 예수상

"우암 언덕에서 바라보면 영도와 부산항이
함께 달려온다."

물 좋고 공기 좋고 풍경 좋고 인심 좋은, 안창마을

등장인물

소설가 길남 씨(소설가, 인터뷰 담당)

은희 대장(마을 기록 책임자, 인터뷰 담당)

최 찍사(사진 촬영 담당)

염 기록가(모든 업무 보조이자 실세)

박 통장(안창마을 22통 통장님)

팽나무집 앞 골목

화창하게 푸른 하늘이 펼쳐진 11월의 어느 일요일 오전.

특별히 이름 짓진 않았지만 이미 '안창마을 탐방대'가 된 네 사람이 부산스럽게 발길을 옮긴다. 호계천을 기점으로 갈라진 길에서 오른쪽을 택한 그들은 오리고기 식당 <팽나무집> 앞에서 잠시 걸음을 멈춘다.

"무슨 겨울옷을 입고 왔어요? 오늘 날씨 풀린다던데."

소설가 길남 씨가 은희 대장한테 시비를 걸었다. 그러자 최 찍사가 바로 달려들어 왕왕 물어뜯는다.

"뉴스도 안보나? 오늘 날씨 따시다 안 하더나? 뉴스 좀 봐라."

"아니, 안창마을이 높아서 다른 데보다 기온이 2, 3도 낮다 했단 말이야."

대장이 달려드는 하이에나들을 떨쳐내며 대답한다. 뒤에 있던 염 기록가가 누구에게 향하는지 모르지만 피식 한 번 웃는다. 이렇게 소란한 가운데 이들의 교육을 담당할 조교… 아니, 박대성 22통 통장님이 일행 앞으로 등장하신다.

"오늘 여러분이 가실 곳은 안창마을 진구 22통 구역으로… 자, 준비됐습니까?"

뭔가 해병대 체험 온듯한 분위기. 네에! 하고 고함을 쳐야 할 듯 군기가 바짝 든다. 하지만 안창 투어가 시작되는 골목 초입에 들어서자마자 조교, 아니 박 통장에게 쏟아지는 인사들로 분위기는 급변한다.

"아침부터 바쁘네? 통장님."

"어이, 통장님, 우리 집 뒤에 나무는 언제 벤다노?"

"하이고, 젊은 사람들 델꼬 어데 가시노?"

박 통장은 그럴 때마다 "아, 안녕하세요. 이번에 우리 마을 소개해주실 분들입니다. 제가 안내 좀 하고 있습니다." 하고 반갑게 인사한다. 탐방대 안내하랴 인사에 답하랴 벌써 정신이 없다.

"저기 저 개천이 호계천입니다. 저 호계천을 기준으로 같은 안창마을인데도 건너편은 동구, 이쪽은 진구로 구분되지만 같은 안창마을이란 인식은 분명합니다. 예전에는 그런 구분 없이 잘 어울리기도 했는데, 지금은 영…. 아, 안녕하세요?"

설명하는 중간에도 지나가는 어르신께 인사를 드리는 통장님. 그의 발걸음을 따라 걷다 보니 이제 본격적인 안창마을의 속내로 들어간다. 골목은 얼핏 봐도 여러 갈래로 이어져 미로를 연상케 한다.

안창로 60번 가·나 길

그건 그렇고 소설가 길남 씨는 입이 점점 벌어지는 중이다. 들어가는 입구부터 펼쳐지는 골목의 미로가 어지럽기는커녕 반갑기만 하다. 그의 고향 동네는 아파트 재개발 열풍으로 모조리 갈아엎어진 지 오래다. 그래서 가끔 고향을 잃은 댐 수몰민들과 비슷한 심정을 느끼곤 한다. 그런데 이곳에 오니 마치 고향의 그 어린 시절로 돌아간 듯 타임머신을 탄 기분이다. 집과 집 사이로 흘러가는 좁다면 좁고 넓다면 넓은 골목들, 발걸음을 뗄 때마다 각기 다른 대문과 명패가 나타나는 주택가의 정겨운 풍경….

"저기 저 집이 원래 제가 살던 집입니다. 바로 옆에 집터가 우리 집에서 가꾸던 텃밭이었고요. 그 뒤는 그냥 산지였어요. 지금 보시면 아시겠지만, 그 위로도 집들이 계속 들어섰죠. 이게 제가 초등학교 2학년 때 정도에 찍은 사진이에요."

박 통장님이 내민 사진을 살펴보자 젊은 아빠와 엄마 곁에 쑥스럽게 미소를 띤 소년이 서 있다. 탐방대가 바라보는 골목 오르막과 위쪽 언덕의 위치가 사진과 정확히 일치한다. 사진 속 풍경과 지금의 풍경이 세월을 가로지르며 탐방대 앞에 함께 펼쳐진다. 그리고 사진 속의 그 소년이 세월을 달려와 탐방대에게 말을 걸어온다.

• 안창마을을 설명하는 박 통장

• 집 앞 골목에 앉아 있는 초등학교 2학년 시절 박 통장

"많이 바뀐 듯해도 이 동네는 하나도 바뀌지 않았어요. 다만 빈집이 점점 많아진다는 게 달라진 얘기겠죠. 계신 분들은 계속 계시지만 젊은 사람이나 새로운 인구 유입은 잘 되지 않으니까

요."

박 통장님의 눈가가 살짝 촉촉해지는 듯했으나 이내 유격 조교의 모습으로 돌아가 오르막을 힘차게 오르신다. 탐방대 몇몇은 벌써 헉헉거리기 시작한다.

"이건 무덤이고, 저건 나무로 만든 화장실인데…?"

길남 씨가 중얼거리자 통장님이 어떻게 알아봤냐는 표정으로 바라본다.

"뭐… 이런 골목에 다 한 번씩은 살아봤을 끼고, 아무리 바뀐다 해도 부산에는 아직 이런 골목들이 좀 남아 있어서…."

소설가가 머리를 긁적이며 대답하는데 은희 대장이 한마디 한다.

"그런데 여기는 그런 골목 특색들이 몽땅 다 모여 있는 것 같아요."

이야기를 나누다 보니 그렇다. 높은 지역이라 훤히 내려다보이는 풍경은 그렇다고 치더라도 나지막한 담장과 집들, 그 사이로 간간이 있는 산지와 밭, 창고, 무덤, 재래식 화장실, 빈집 등등 이건 마치 대한민국 부산 산마을 골목의 종합판이라 할 만하다.

안창로60번길

박 통장의 재빠른 행보를 따르다 가쁜 숨을 내쉬던 탐방대도 마을의 오르막 끝에 다다른다.

"와아, 이거 뭐 풍경이…."

펼쳐진 풍경은 마치 등산 후 최고봉에서 아래를 바라보는 느낌이다. 진구의 산과 동구의 바다가 어우러지니 도시 속 전망대가 따로 없다. 한 집 마당 앞에는 순하게 생긴 댕댕이 개 한 마리가 줄에 묶여 꼬리를 흔드는데, 개보다 더 순하게 생긴 고양이 한 마리가 자유의 몸을 자랑하듯 일행을 뒤따른다. 풍경과 동물 사이에서 어쩔 줄 모르는 탐방대…. 그때 박 통장이 큰 목소리로 인사를 올린다.

"안녕하세요. 영감님. 길 여기에 뭐 심는가베요?"

"어어? 아, 별 건 아니고. 그냥 심는 기지. 겨울에 겨울초 꽃이 피면 좋다 캐서."

• 안창마을 골목풍경

22통 윗마을 언덕에 거주하시는 이재원 할아버지. 사람 좋게 웃으시며 길가에 화초를 심고 계신다. 은희 대장이 나서 할아버지께 이것저것 묻는 사이 최 찍사는 혼자 바빠지셨다. 찍을 거리가 넘쳐 연신 셔터를 누르는 중이다. 어디선가 '뱀이다아, 뱀이다아' 하는 가수 김혜연의 명곡도 골목을 넘실대며 흘러 다닌다. 이 와중에 염 기록가는 흥분된 표정으로 개냥이와 대화 중이다.

"여기 참 예쁘게 해놨네. 드나드는 등산객들이 좋아하겠어요. 이걸 혼자 다 꾸미셨어요?"

은희 대장의 질문에 할아버지께서는 얼굴이 발그레 물든다.

"뭐, 소일거리 하면서 묵는 것도 심고. 하는 김에 이거저거 치우고 심고, 그라는 기지."

"여기 복잡했는데 나무 누가 다 잘랐습니까?"

"그거? 내가 다 잘랐지."

"아이고, 조경 크게 하셨네."

등산로로 이어지는 골목 끝은 깨끗한 데다 심지어 운동기구도 갖춰져 있다. 말 그대로 관리가 되고 있는 느낌이다.

"저기 저쪽 산은 이름이 뭡니까?"

언덕 맞은쪽 나지막한 산에 대해 묻자 통장님이 바로 대답한다.

"아, 저기는 지명이 가야석산입니다. 그런데 우리 어릴 때는 저기 신암이나 가야에 사는 사람들이 와 가지고 아침마다 '야호' 하고 외치곤 했거든요. 그래가 우리한테는 저 산 이름이 야호산이었습니다. 올라오는 사람마다 야호 하니까. 그것도 아침마다 고정적으로 하는 사람이 있었어요. 아마 그분 이제 돌아가셨을걸요."

무엇 하나 지나가는 법이 없다. 스토리가 하나하나 묻어있는 것이다. 그런데 길남 씨의 질문이 곧 있을 지옥 훈련으로 이어질지 누가 알았으랴…? 하여간 그때까지 편안하고 안락한 탐방은 이어지고 있었다.

"자, 이제 내려가 보실까요? 이번에는 도시 속 자연인을 만나러 갑니다. 개냥아 안녕."

통장님이 다음 코스로 안내하신다. 염 기록가는 개냥이와 아쉬운 작별을 하며 돌아선다.

"그런데 여기 빈집이 많네요?"

"그렇지요. 안 그래도 그게 골칫거리이기도 합니다. 주인이 여기 살지 않으니까, 사유지라 함부로 손을 볼 수도 없거든요. 그런데 여기가 낡아서 날씨가 안 좋거나, 태풍이라도 치면 벽돌이 파손돼서 다른 사람 집을 덮칠 수도 있고요. 대책이 필요한 부분이에요."

이야기뿐만 아니라 마을의 산적한 문제들도 함께 깔린 골목인 셈이다.

"자, 이젠 안창마을에서 가장 오래된 집을 찾아갈 겁니다."

아까 올라왔던 것과 다른 방향으로 계단을 내려가는데 동네 주민 몇몇 분과 마주친다. 그때마다 듣는 인사가 한결같다.

"통장님이네. 아이고, 젊은 사람들 데불고 어데 가요?"

"아예, 마을 한 바퀴 구경시켜 드린다고예. 뭐 별일 없지요?"

"예에, 마을에 젊은 사람들이 와야지 활기가 돌지."

최 찍사나 길남 씨는 이미 반백은 산 나이. 하지만 여기 안창 마을에선 젊은 사람으로 회춘하는 중이다.

"마을의 70% 이상이 나이 드신 분들이고, 그중에 대부분이 70대나 80대입니다. 올해만 해도 다섯 분이 돌아가셨고요."

• 마을 탐방

이렇게 인구가 유입되지 않는다면 앞으로 10년만 지나면 마을의 존폐까지 걱정해야 할지 모른다. 다소 젊은(?) 은희 대장이 마을 분들의 인사가 이해 간다는 듯 고개를 끄덕인다.

계단을 거의 다 내려오자 산 밑으로 밭들이 펼쳐진다. 마을 복지관에서 공동으로 운영한다는 밭이다. 고양이가 참 많다. 여기서 생산되는 채소는 공동의 반찬으로 만들어져 주민들에게 분배되는 등 공동으로 쓰인다고 한다. 어떤 고양이는 위태로운 나뭇가지 끝에서 심오한 내공을 발휘하며 꾸벅꾸벅 졸고 있다. 고양이 사랑꾼 염 기록가의 입이 슬쩍 벌어진다.

"여기 고양이가 참 많네요?"

통장님이 슬쩍 웃으며 고개를 끄덕인다. 왠지 또 다른 비화가 있을 듯하다.

"여기가 이 집 앞쪽이 풀밭이잖아요? 이쪽엔 흙길이었는데 여름에는 풀이 한정 없이 자란단 말이죠. 그래서 제초제를 쓰곤 했어요. 그런데 옆집에선 고양이를 기르거나 보살피는 걸 낙으로 삼으시거든요."

이야기를 들으니 금방 이해가 간다. 시간이 가면 갈수록 분쟁이 생기기 시작했을 것이다. 제초제를 뿌린 곳을 고양이가 헤집고 다닐 터이니 죽어 나가기 시작했을 것이다. 그렇다고 제초제를 쓰지 않을 수도 없는 노릇.

"아무리 생각해도 머리만 지끈거리고 어떻게 할 수가 없더라고요. 그러다 묘안이 떠올랐죠."

통장님은 구청에 연락해서 흙길을 아예 시멘트로 포장해 버렸다고 한다. 다시는 풀이 자랄 이유가 없으니 제초제는 아웃. 고양이는 안전. 이렇게 분쟁이 마무리됐단 전설. 마을의 이야기는 또 계속된다.

"여기 산 밑으로 이쪽 부근은 예전에 마을 사람들이 쓰레기를 버리던 곳이었어요. 마을 밑으로 쓰레기를 들고 가기 힘드니까, 여기에 쓰레기를 모으고 소각을 했었어요. 일종의 공동 쓰레기 소각장이었죠. 그런데 이제 그 자리가 집이 된 거죠."

한 자리도 그냥 지나가는 법이 없다. 마을의 역사가 올곧이

전해진다.

“사실 이런 데가 더 자유로우니 우리 어릴 때 뛰어놀던 놀이터도 됐고요.”

“그런데 이렇게 큰 집들이 하나하나 생기면서 길이 꼬이거나 막히는 게 없네요? 그런데 그때 자재들을 어떻게 다 옮기고 그랬어요?”

은희 대장이 대장답게 날카로운 질문을 던진다.

“다 인력으로 옮긴 거죠. 당시엔 아이들한테도 보로꼬 한 장에 10원 해가지고, 아이들도 많이 날랐죠. 그때 10원이면 큰 거니까 서로 경쟁하듯이 나르곤 했어요. 그렇게 자재들을 날라와서 집을 지었어요.”

“저기 큰길 어디서부터 넘어온 거예요?”

“주로 팽나무집 앞까지 차가 왔어요. 거기에서 여기까지 들고 나르는 거죠.”

집들이 생겨나며 골목이 함께 생기던 시절의 일이다.

40년 세월의 집

88올림픽이 한창이던 시절 안창마을은 세계평화와 관계없이 집들이 지어지고 부서지고를 반복했다. 자고 일어나니 집이 서너 채 지어져 있더라는 주민분의 회상이 이 골목 언저리에서 현실감 있게 다가온다. 어느덧 안창마을에서 가장 오래된 집에

도착한다. 키우는 개가 목청껏 멍멍 짖어댄다.

“40년 동안 변하지 않은 집이죠. 안쪽으로 들어갈수록 놀라실걸요.”

정말 그렇다. 들어갈수록 마당은 마치 TV의 자연인에 나올 법한 공간이다. 뒷마당의 텃밭 앞에는 커다란 가마솥이 걸려있고, 닭 몇 마리가 꼬꼬댁거린다. 저 멀리 앞으로 황령산과 서면 일대의 풍경이 산 정상에 있는 듯 펼쳐진다.

“여기서는 저기 밑 마을 신암이나 가야 쪽으로 갈 때 산길을 타고 내려갔으면 됐어요. 일종의 지름길이죠. 뛰어가면 10분도 안 걸려요.”

집 밑의 계곡 같은 길을 가리키며 통장님이 위치를 설명한다. 그런데 그때는 몰랐었다. 이것이 복선이 되어 최 찍사의 모험이 펼쳐질 줄은….

“안녕하세요?”

“아이고, 집이 누추해서….”

탐험대의 인사에 쑥스러운 듯 고개를 끄떡하며 노부부가 일행을 맞는다. 최 찍사의 눈이 번쩍하더니 카메라가 연신 터지기 시작한다. 어르신이 그 모습을 바라보더니 자신의 보물창고를 소개하신다.

“요새 보기 귀한 건 여기에 있지.”

탐험대가 창고를 살피니 커다란 지게가 늠름하게 자태를 뽐낸다.

“아니, 지게 아니에요? 요즘도 이걸 쓰세요?”

• 안창마을의 가장 오래된 집

"차가 일로 다니지를 않으니 당연히 이걸 써야제. 지금도 맨날 쓰지요."

TV 속 자연인의 모습이 부산진구 안창마을에서 펼쳐진다. 지게뿐이랴? 마당에 걸린 커다란 가마솥에선 금방이라도 장작불이 피워져 돌아다니는 닭들이 백숙으로 변신할 듯하다. 모두의 입이 벌어져 잘 다물어지지 않는다. 과연 40년 전 안창마을의 모습이 이곳에서 재현되고 있음이 확실하다.

"날씨도 점점 추워지는데 춥거나 불편한 건 없으세요?"

"아니, 그런 거 없어요. 공기 좋고 전부 건강해."

은희 대장의 질문에 노부부는 환하게 웃으며 고개를 젓는다. 하지만 탐방대의 마음이 무조건 반갑지만은 않다. 도시 속의 오지처럼 남겨진 안창마을의 어두운 면을 살피는 듯해 마음 한편이 무거워진 것이다. 지금도 쓰이는 지게는 마을 안쪽까지 차가 들어오지 못해 교통이 불편한 현실을 반영하고, 살기 위해 지었던 무허가 집이 이젠 떠날 수 없는 터전으로 굳게 다져진 모습은 이전 시대가 아닌 현시대의 남아있는 숙제처럼 여겨진다.

"저라도 어르신들 잘 계시는지 자주 살피고 들여다보곤 합니다. 제가 마을 이장 같은 통장 아입니까?"

집을 나서는데 박 통장의 한 마디가 아려오는 마음을 달래준다.

"그런데 이곳 어르신들은 공기가 좋아서 그러신가? 너무 정정하시고 건강하지 않아요?"

어두운 면이 있다면 밝고 환한 부분도 있는 법. 염 기록가의 한 마디에 모두 고개를 끄덕인다.

"맞아요. 방금도 너무 건강하셔. 중년 세 명은 벌써 요래 골골한데…."

길남 씨가 무심코 던진 말에 은희 대장의 눈빛이 날카로워진다. 중년팀에 끼지 않겠다는 강력한 의사 표현이다.

"그렇죠. 안창마을이 딴 건 몰라도 건강마을인 건 확실합니다! 자, 말 나온 김에 건강 코스도 한 번 돌아봐야죠?"

박 통장이 마을 어귀의 오른쪽 산을 흘깃 바라보며 거절하지 못할 제안을 하신다. 순간 탐방대 4명의 눈치싸움이 시작된다. 누가 여기서 "네!"라고 먼저 답해서 역적이 될 것인가? 토요일 의무 등산에 직장도 때려친 경력의 소설가 길남 씨. 그는 이미

가슴이 철렁 내려앉아 말도 못 하고 어버버, 하는 중이다.

"네…, 이왕 탐방하는 거 확실히 다 해 봐야죠!"

은희 대장이 갑자기 폭탄선언을 한다. 통장님은 옳다구나! 월척이 걸린 표정으로 씩씩하게 등산로로 진입하신다. 길가에 선 최 찍사, 길남 씨, 염 기록가가 은희 대장을 째려보지만 대장은 '뭐? 왜? 어쩌라고?' 하는 눈빛으로 되받아친다.

아아, 이미 엎질러진 물인 것을 어찌하랴? 지옥의 야호산, 아니 가야돌산 등산은 그렇게 본격적으로 시작됐던 것이었던 것이었다.

야호산, 가야돌산, 그리고 팔금산

"여기 산은 저희 어릴 때 놀이터라고 보면 됩니다. 어린 시절에 집에서 혼나거나 하면 여기 올라와서 마음을 달래곤 했죠. 눈 감고도 올라갈 정도예요."

등산 코스는 약간 험하지만, 정상을 향해 직진으로 올라갔다가, 안창마을 23통 일대를 끼고 뒤로 둘러 내려오는 코스이다.

여기서 잠깐! 약간 험하다고?

숙련된 조교 박 통장이 평지를 걸어가듯 쑥쑥 올라가고 20대 청춘 염 기록가가 그 뒤를 바싹 쫓아가는 풍경만 본다면 그 말은 맞다. 하지만 그 뒤의 껍데기만 청춘인 노땅들은 이미 2족보행을 포기하고 4족보행을 시작한 지 오래다. 등산로는 가파르게 이어지면서도 바위와 흙길이 절묘하게 어우러져 있다. 덕분에 4족보행의 용사들은 다양하고 거친 탄성을 마음껏 터뜨리는 중이다. 최 찍사는 '어이쿠, 어휴', 은희 대장은 '아이고, 이거', 길남 씨는 '끄응, 하악하악'…. 길남 씨는 언젠가 본 에베레스트 등산 다큐멘터리를 떠올린다. 아아, 그 멀리까지 가지 않아도 이 정도 ASMR은 얼마든지 딸 수 있는 거구나! 분명히 쌀쌀하고 추운 날씨였는데 두꺼운 외투가 거추장스럽다. 이미 점퍼들은 허리에 묶여있다.

"이제 다 왔어요. 조금만 더 힘내요."

염 기록가 목소리에 고개를 드니 마지막 깔딱고개에 다다른 모양이다. 등산객을 위해 바위 사이로 늘어진 손잡이 줄이 반갑다. 아자자자! 마지막 힘을 다해 고개에 올라서니 신세계가 펼쳐진다. 왼쪽에는 운동기구가 설치되어 있는데 70은 훨씬 넘게 보이는 고운 어르신 두 분이 호호호 웃으며 가볍게 체조를 한다. 여기는 신선계구만! 벙찐 표정으로 오른쪽을 보니 박 통장님이 마을을 내려다보고 있다. 그가 밟고 올라선 바위는 일부러 맞춰 놓은 듯 반듯하고 평평하다.

• 가야돌산에서

• 가야돌산에서 내려본 안창마을

"여기서 내려다보면 마을이 훤히 다 보입니다. 아까 속상할 때면 산에 올라왔었다 했잖아요? 그럼, 여기에 누워서 하늘을 보거나, 앉아서 마을을 내려보는 거죠."

마을뿐만 아니다. 동구 수정산을 비롯해 부산항 저편 영도까지 정상의 풍경은 놀랍도록 뻥 뚫려있다. 그 뒤편으로 조금만 오르면 이번에는 반대쪽 진구와 북구의 풍경이 펼쳐지며 멀리 낙동강까지 눈에 들어온다. 짧은 코스의 등산이었지만 이 정도 노력에 이만큼의 풍경이라면 다시 못할 것이 없다는 생각이 든다. 물론 정상에 올라와 있으니까 4족보행의 고난을 말끔히 잊어버리고는 하는 소리다. 소설가 길남 씨는 가야돌산 정상에 한 번 더 오른 적이 있었다. 가까운 지인이 등산 칼럼을 쓴다고 해서 이 산을 소개한 죄였다. 그때 길남 씨는 똑같은 말을 반복했었다.

"어이쿠, 아이고 이거, 내가 다시는 산에 오나 봐라, 하악하악!"

산은 가야돌산 또는 가야석산이라 불리지만 정식명칭은 팔금산(八金山)이다. 통장님 피셜로 어릴 때 야호산이라고도 불렸다니 산은 바라보는 시점에 따라 이름도 갖가지인 셈이다. 여기서 팔금산의 명칭을 다시 짚고 넘어가야 할 부분이 생긴다. 안창마을 아래에 위치한 광명사의 '팔금산 금굴 굴법당 용왕단'이 바로 그것인데 지금도 절을 소개하는데 빠지지 않을 만큼 꽤 유명한 장소다. 이때 팔금(八金)의 뜻에 대해 의견이 분분한데, 여덟 개의 보물이나 여덟 개의 금광으로 해석한 정체불명의 썰(?)들이 지금도 주위에서 나도는 편이다. 소설가가 동분서주하며 알아본 결과 부산(釜山)의 명칭 중 가마솥(釜)의 한자에서 위에 있는 팔(八)과 밑에 있는 금(金)을 나누어서 팔금(八金)이라 이름했다는 의견이 지배적이다. 부근의 증산과 수정산이 부산의 명칭 유래와 관련 있는 것을 보면 '금광의 팔금'보다는 '부산의 팔금'이 훨씬 신빙성 있다는 생각이 든다. 어쨌든 진구·동구를 거치는 이 부근의 산지가 부산의 명칭 유래와 밀접한 관련이 있음이 분명해진 셈이다. 이는 행정구역상 진구와 동구로 갈라졌지만 안창마을이 원래 하나였음을 보여주는 역사·지리적 증거이기도 하겠다.

• 가야돌산

23통 주변

박 통장의 안내에 따라 탐방대는 산 아래로 내려가기 시작했다.

"이쪽 산길을 따라 쭉 올라가면 동의대 후문이 나옵니다. 바로 그 밑으로 보이는 동네가 안창마을 23통입니다."

"이렇게 보니까 호계천을 중심으로 해서 마을이 말굽 모양으로 형성됐네요?"

그러고 보니 동구와 진구가 따로 올라오던 마을은 어느 순간 영어 U자를 거꾸로 엎어놓은 듯 하나로 이어져 있다.

"호계천하고 길 때문에 떨어져 있다가 이어지지요. 그런데 이어진 위쪽은 거의 다 동구가 아니라 진구 23통입니다."

주민들의 인터뷰에 따르면 23통 윗동네는 22통 아랫동네가 형성되고 나서도 훨씬 뒤에 집이 들어섰다고 한다. 전기나 물도 늦게 들어온 것은 물론이다. 하지만 여러 이야기의 시와 때를 살펴보면 88년 올림픽이 거론되는 것으로 보아 그렇게 시간의 차이는 크지 않은 것 같다. 다만 집을 짓고 부수고의 실랑이가 여기서도 반복되는 걸 보면 안창마을 이주의 2차 러쉬 정도로 생각하면 될 듯하다.

이런저런 이야기로 산에서 내려오는데 어딘가 허전한 느낌이 강하게 퍼져나간다. 문득 뒤를 살펴보자 아까부터 최 찍사가 보이지 않는다.

"이거 또 어디 갔는데? 형, 지금 어디야?"

은희 대장이 카리스마를 뿜으며 전화를 한 통 하자 최 찍사의 행방이 밝혀진다.

“뭐? 길 따라 내려왔는데 우리는 안 보이고 도로가 나와요? 뭐? 정효사? 거기서 절이 나온다고? 이거 대체 무슨 소리야?”

가만히 듣던 통장님이 한마디 한다.

“거기는 신암 쪽인데, 오는 쪽으로 안 오고 정반대로 내리 가셨네….”

아까 40년 된 집에서 언급됐던 안창 어린이들의 지름길이 번뜩 떠오른다. 그렇다. 최 찍사는 누가 시키지도 않았는데 몇십 년 전 안창 지름길을 애써 복원하며 새로운 탐방길을 개척하고 있었던 것이다.

• 안창마을 입구에서 올려다본 안창마을 전경

"마 못 살겠다. 그냥 큰길로 내려가서 택시 타고 올라온나. 아까 팽나무집에서 다시 봐요."

도심 속 미아가 된 최 찍사를 바른길로 지도한 탐방대는 산 아래로 거의 다 내려온다.

연못과 남아 있는 추억들

"이전에는 길이 다 연결됐었는데 요즘은 사유지에서 펜스를 많이 쳐놨어요. 바로 갈 수 있는 길도 이제는 빙 둘러 가야 하기 일쑤죠. 전에 말씀드린 연못도 하나는 없어진 지 오래고, 작은 연못은 아직 남아있는데 내나 땅 주인이 막아놨어요. 그래도 가 보실랍니까? 지금도 개구리가 울고 그래요."

"네네, 연못 좋아요!"

연못이란 말에 호기심에 들뜬 염 기록가의 눈이 반짝반짝 빛난다. 박 통장의 안내에 따라 현재 새뜰마을 센터를 짓고 있는 공사장 뒤편에 과연 연못이 나타난다. 펜스가 처져 있어 들어갈 수는 없다. 갈대가 우거진 곳에 물이 고즈넉하게 고여있고 넓은 연잎이 수두룩 깔려있다. 조금만 손보면 제법 볼거리가 있을 만한 연못의 생김새다.

"예전부터 안창에는 물이 많았습니다. 저 위에 백련사에는 우리나라 지도 모양의 큰 연못이 있었어요. 연못 중간에 섬은 제주도 모양이었고요. 거기 사람들 놀러 많이 왔습니다. 학교 소풍도 많이 왔고요. 안창의 명승지였죠."

그러고 보니 구술 인터뷰를 진행하면서 여러분들이 그 연못을 언급했던 바 있다. 말이 나온 김에 걸음을 옮겨 백련사까지 가본다.

"수련이 피었거든요. 하얀 수련. 그래서 그 옆에 절 이름이 된 게 백련사에요. 흰 꽃이 피었다고."

주민 안화순 씨는 백련사 이름의 유래를 그렇게 이야기했다. 연못의 자리는 주차상으로 바뀌어 말 그대로 상전벽해를 느끼게 한다. 이제 그 자리에는 많은 이의 추억만 남아 차츰 차츰 희미해지는 중인지도 모른다.

• 백련사

마을로 다시 내려오는 골목은 오리집들이 모여있어 이곳이 오리고기의 성지였음을 분명히 보여준다.

"지금은 많이 죽었지요. 예전에는 주말에 차가 못 들어올 정도로 성행하기도 했었어요."

22통 쪽으로 다시 접어들려 하는데 작은 교회 하나가 나타난다. 범내교회. 교회를 보더니 통장님이 추억에 젖은 표정으로 사진을 몇 개 꺼내 보여주신다. 교회 예배당 의자에 앉아 환하게 웃고 있는 아이들과 여인들의 모습이다.

"이 교회도 상당히 오래된 교회입니다. 저도 어릴 적 다니기도 했었고, 많은 분이 여기를 다니셨죠."

"이곳 안창에는 절도 많고 교회도 많이 다니시고. 종교적으로도 많이 자유분방했던 것 같아요."

"그렇죠. 바로 여기 밑에는 저기 동구에서 기념관 만들었던 루미네 수녀님이 직접 사셨어요. 어릴 때는 그 수녀님이 애를 업고 다니는 것도 본 사람이 많고요. 지금도 수녀님 몇 분이 사시는 걸로 압니다."

삶의 흔적들은 아직도 그대로 마을에 덧입혀져 세월을 맞이하고 있는 셈이다.

자, 이제 안창마을 탐방대의 탐방이 마무리되려 한다. 처음 출발했던 팽나무집에서 탐방대는 박 통장과 작별의 인사를 나누려….

아앗, 여기서 잠깐! 그러면 최 찍사는? 마침 그때 은희 대장의 휴대폰에서 음악이 울려온다. 최 찍사의 전화다.

"택시 타고 이제 도착했다네요."

작별 인사를 미루고 잠시 기다리자 소방서 쪽 길에서 큰 키의 최 찍사가 모습을 나타낸다. 험난한 탐험을 마치고 온 그의 눈가와 볼이 쏙 들어갔다. 잘못 들으면 고산에서 고립되어 정글을 헤매다 신비의 세계에 다녀온 줄 알겠지만…, 하여간 고생한 것은 분명하다. 살이 쏙 빠진 최 찍사를 위로하면서 생업으로 돌아가시는 박 통장님. 오늘 정말 많은 수고를 해주셨다. 탐방대는 통장님께 진심 어린 박수를 보내드린다.

자, 그렇게 안창 탐방대의 다채로운 탐방은 그렇게 마무리됐다.

아, 여기서 끝이 아니지! 탐방이 꼭 걸어 다니기만 하는 건 아닐 것이다. 안창에서 이렇게 목이 타도록 돌아다녔으면, 시원한 맥주 한 잔에 오리 불고기 한 접시 하는 게 예의 아니겠는가?

오리 불고깃집으로 들어가는 탐방대.

지글지글 양념 오리고기를 쌈에 올려서 된장에 마늘, 고추, 파무침을 올리고는 입안으로 골인!

아, 정말 천국이다. 오리불고기의 원조 안창마을에서 즐기는 이 맛의 향연!

"아까 가야돌산에 올라갈 때 울던 사람들 다 어디 갔노?"

은희 대장, 염 기록가, 소설가 길남 씨, 최 찍사의 안창마을 탐방은 그렇게 맛 탐방으로 마무리되었던 것이었던 것이었다!

• 오리불고기

"오리불고기의 원조 안창마을에서
즐기는 이 맛의 향연!"

4부

부산에 가면

에덴공원

7월, 에덴공원 방향 1001번 버스에서

7월의 무더운 여름날, 그냥 버스도 아니고 무려 1001번 좌석버스에 올라탄 소설가 길남 씨. 그가 사는 대연동에서 하단으로 가는 직행버스를 찾자니 좌석버스밖에 없는 탓이다. 일반버스 108번이 있지만 주례, 모라로 돌아가니 너무 멀게 느껴진다. 또 하단이라는 곳이 결코 가깝게 느껴지지 않는다. 이쯤 되는 거리는 좌석버스가 왠지 어울리는 것만 같다.

부산항을 끼는 남구, 동구, 중구, 영도구의 사람들이 버스를 타고 사하구에 오려면(여기서 까치고개 노선은 제외 ^^) 반드시 거쳐야 할 터널이 두 개 있다. 터널의 이름은 영주터널과 대티터널. 무슨 고속도로를 달리는 것도 아닌데 사하구의 입구인 괴정까지 오려면 이미 산 두 개를 넘는 셈이다. 부산의 도로상에 51개의 터널이 있다는데 참 많기도 많다. 부산의 터널에 대해 할 말이 많지만 일단 넘어가기로 하고….

부산터널과 대티터널을 오랜만에 만나니 소설가 길남 씨의 머릿속에는 상영되지 말아야 할 필름이 샤라락 지나쳐간다.

아아, 사랑에 미쳤었던 청춘의 한 시절!

그는 실연의 아픔을 이겨낸답시고 우암동에서 다대포까지 걸어간 적이 있었다. 현재의 지도 앱으로 검색해보니 가장 빠른 길이 5시간 28분, 거리 20km, 31,654걸음, 횡단보도 40회, 계단 1회라고 나온다. 지금의 길남 씨가 청춘의 어린 노무 길남이를 만나면 꼭 이런 말을 전하고 싶다.

"이런 정말 미친 또라이 멍충…!"

당시 마스크도 끼지 않고 터벅터벅 걸어서 통과했던 터널의 매캐하고 씁쓸했던 추억이여!

문득 고개를 드니 대티터널을 지나고 괴정에 들어선다. 그러자 생각은 꼬리를 물고 별의별 추억들을 다 낚아낸다. 10남매인 아버지의 제일 첫 조카, 그러니까 길남 씨의 최고 맏이 사촌 형님이 40년 넘게 살고 계시는 곳, 어린 시절 제사 왔다가 눈독 들인 통닭은 먹지도 못하고 잠들었던 곳, 뭐니 뭐니 해도 다대포에 살던 첫사랑을 데려다준다며 98번, 96번, 2번 버스를 타고는 뻔질나게 드나들던 바로 그곳이 괴정 아닌가…!

"아빠, 원고 써? 근데 왜 울어?"

어느새 곁에 다가온 참참 양이 그의 옆구리에 붙어 서 있다. 허걱, 가슴이 내려앉은 길남 씨가 거실 눈치를 보며 후다닥 모니터의 화면을 바꾼다.

"하하하, 뭐라카노? 울기는 무슨? 씰데없는 소리를 하고 있어? 엄마, 아직 소파에서 자나?"

그렇다. 이제부터라도 정신 똑바로 차리고 본 이야기로 들어가자.

사하구 사람들이 들으면 섭섭하겠지만, 남구 살던 길남 씨의 입장에서 어린 시절에 느낀 괴정은 참 멀리 있는 곳이었다. 버스 종점이 괴정이던 시절도 있었으니까. 아, 물론 이런 얘기는 40년도 훨씬 전의 구닥다리 이야기다. 요즘은 재개발로 잠시 주춤하지만 90년대부터 아파트가 들어서고, 도시철도가 뚫리면서 끊임없이 발전하고 인구가 늘어난 곳이 바로 괴정이다.

이제 버스는 당리를 지나 하단을 향해 달려간다.

오늘 소설가가 하단을 찾는 이유는 바로 에덴공원으로 가기 위해서!

"에덴공원의 본래 이름은 신선이 내려와 노니는 곳이라는 의미의 '강선대(降仙臺)'였다. 이 강선대 동쪽 맞은편 산은 승학산(乘鶴山)이다."

소설가 길남 씨는 1001번 버스를 타고 휴대폰으로 에덴공원의 정보를 검색하는 중이다. 좌석버스 1001번이라….

'십수 년 전, 이 버스의 원래 번호는 240번! 그래… 그랬드랬었었지.'

그의 기억력은 대단하다. 해운대에서 동아대까지 운행하던 그 240번. 심지어 한 때는 그 종점이 에덴공원이었던 사실마저 떠올리는 길남 씨. 또 이상한 방향으로 추억이 흐르려고 하는 순간, 그는 버스 바닥에 떨어진 신용카드 하나를 발견한다. 0.5초 정도의 고민 끝에 그는 버스 기사에게 다가가 카드를 건넨다. 평일 대낮이라 그런지 버스에는 이미 승객이 아무도 없는 상태이다.

"아저씨, 누가 카드를 떨가놓고 갔네요."

신호대기 중이던 기사님이 감사를 표하며 카드를 얼른 받는다.

"에덴공원이 저기 길 건너편이지요?"

"예, 맞습니다. 이 더븐데 거기 가실라꼬요? 요새 거기 뭐 볼 거 없다카던데…"

기사님의 말씀대로 에덴공원의 현재 모습은 '쇠락' 또는 '볼 것 없는' 수준의 것으로 알려져 있다. 그는 딱 한 번 올라가 보았던, 산도 아니고 그렇다고 산이 아닌 것도 아니었던 공간을 기억한다. 이윽고 버스가 멈추고 그는 하차한다.

"여기서 길 건너가, 왔던 쪽으로 한참 걸어서 올라가야 될 기라예."

친절한 기사님의 인사에 고개를 숙이는 동시에 240번, 아니 1001번 버스는 떠나간다.

낙동남로1423번길

대로에서 횡단보도를 건너 내리막 골목을 지나자 살짝 익숙한 거리가 나타난다. 낙동남로1423번길. 이곳은 여전히 대학가의 냄새가 남아있다. 예전 향수를 자극하던 학사주점도 몇 개 보인다. 옛날옛날 한 옛날, 말 그대로 X세대 레퀴엠 시절, 그러니까 요즘 말로 그놈의 라떼 시절… 아아, 그때 길남 씨는 10년을 사귄 첫사랑과 이곳을 가끔 찾곤 했다. 다대포에 살던 그녀 덕에 가락타운 부근의 '강나루'인지 '나그네'인지, 하여간 그런 이름의 학사주점에서 파전과 막걸리를 먹었던 적도 있고, 현재 하단역 부근으로 언덕길을 넘어 걸어갔던 적도 있다. 이런저런 추억과 상념과 갸웃거림으로 소설가는 낙동남로1423번길을 걷는다. 잠시 몽환의 세계에 빠졌던 그는 어느새 언덕길 정상에 올라 에덴공원 입구 표지판과 마주한다.

• 에덴공원 입구

'청마 유치환의 시비와 함께하는 에덴공원' 그리고 빨간 화살표 오른쪽으로 쫙! 낡고 지저분한 표지판이 시멘트벽에 삐뚜름하게 붙어있다. 그리고 그 바로 위엔 더 낡아빠진 철판 표지판 '자유와 평화를 지키는 한국자유총연맹'이 자리한다. 소설가는 드디어 아담과 이브의 세계로 발걸음을 옮긴다.

에덴공원 속으로

소설가 길남 씨는 에덴공원에 관한 여러 자료를 찾아보았다. 또 동아대에서 청춘을 보낸 동료들에게 이야기를 묻기도 했다. 하지만 뭐 별 뾰족한 건 없었다. 길남 씨와 같은 세대 사람들은 이곳에 별다른 추억이 없는 듯했다. 몇몇 학사주점의 이름만 튀어나올 뿐…

다만 찾던 자료 중 네이버 한국향토문화전자대전에 실린 배병욱 씨의 글 「에덴공원에서 청춘을 보내다」가 이곳의 역사를 풍성하게 그려내고 있었다. 그 글은 대청동 부산중앙교회 백준호 장로가 1956년 에덴공원 일대를 매입해 '에덴원(苑)'을 만든 태초의 이야기로 시작한다. 그리고 음악감상실 또는 카페였던 '강변'과 '솔바람'을 운영했던 백 장로의 아들 백광덕 씨와의 인터뷰를 통해 '낭만과 음악 그리고 청춘의 문화공간'이었던 에덴공원의 빛나던 과거를 펼쳐낸다. 관심 있는 분들의 일독을 추천한다.

그런 엄청난 과거를 숨긴 에덴공원이지만… 섭씨 29도에 오르막을 오르는 소설가의 눈에는 그냥 평범한 체육공원일 뿐이다. 다만 여름의 숲속답게 매미의 싱그러운 울음소리가 좋다. 그런데 재미난 부분이 발견된다. 이리 빙글 저리 빙글, 돌아나가는 산책길에 자리 잡은 오래된 운동기구가 예사롭지 않다. 거기에다 기구의 운동법을 소개하는 안내판의 그림이 과히 압권이다.

"아니, 저것은 60~70년대 교과서 삽화를 담당했던 명화백 김태형의 화풍이 담긴 작품이로군!"

여기저기 숨겨진 그림들의 맵시는 복고도 그냥 복고가 아니라 수십 년 전의 초 레트로 감성으로 충만해 있다. 자, 한 번 살펴볼까? 바로 앞의 통나무만 해도 그렇다.

• 생활 체육 안내판

제목이 무려 '개울 건느기 운동'!

통나무를 건너지 않고 건느는(?) 저분은 서기 일천구백팔십일년도 국어 교과서 속 철수의 엄마가 분명하다! 그녀는 그림 속에서 통나무를 분연히 건너고 있었다.

"우와아, 쌔리마! 어쩐지 입구부터 심상치 않더라니…. 에덴공원 이곳은 대단하구만!"

소설가의 감탄이 이어진다. 이렇게 자연과 아트를 감상하며 오르는 에덴공원 정상. 정상은 생각보다 높지 않은데 올라가는 길이 두 개 있다. 밋밋하게 오르는 길이 있고, 이런 운동기구와 예술작품들(?)을 살피며 올라가는 방법이 있다. 정상에 오른 길남 씨는 또 하나의 표지판을 확인한다.

청마 유치환 시비, 간이체육시설, 산책길, 고전음악 솔바람

• 에덴공원 안내표지판

으로 소개되는 본격 에덴공원의 구성을 소개하는 표지판이다. 그는 먼저 오른쪽으로 안내된 '고전음악 솔바람' 쪽으로 향한다. 그러자 공중화장실이 나오는데 그가 찾을 당시 화장실은 공사 중이었다. 문득 고개를 돌리니 작은 언덕에 '오태균 음악비'가 세워져 있다. 부산시립교향악단을 창단하는 등 부산 음악계에 족적을 남긴 분이다. 인터넷에는 솔바람 음악당 바로 곁에 세워졌다고 하는데, 도통 솔바람 음악당을 찾을 수 없다. 벌써 문

• 오태균 음악비

"낭만과 음악 그리고 청춘의 문화공간이었던
에덴 공원의 빛나던 과거...."

을 닫은 건 알지만 그 흔적이라도 찾아볼까 해서 주변을 살피니 유물에 가까운 표지석이 하나 서 있다.

한글로 에덴이 적히고 밑의 한 글자는 한자 같은데 너무 희미하다. 아무래도 원(苑)이지 않나 하는 추측을 해본다. 그럼 이게 전설의 '에덴원'을 새긴 표지석이란 말인가? 솔직히 말해 길남씨는 타임머신을 탄 듯한 기분에 살짝 설렜다.

'그럼 이 길을 따라가면, 그 전설의 솔바람의 흔적을 만날 수 있단 말이지?'

• 전설의 에덴원 표지석

멀찌감치 천막이 쳐진 곳에 사람들이 웅성거리는 게 보인다. 아, 아직도 솔바람의 명맥이…!

하지만 목표지점에 도착한 소설가는 실망감에 고개를 도리도리 젓고 만다. 테이블마다 삼삼오오 모인 영감님들이 담배 연기 속에서 열심히 화투장을 날리고 있다. 한 영감님은 저편 풀숲에서 강변을 쳐다보며 몸을 후루루 흔들더니 이내 바지춤을 끌어올린다. 아아, 솔바람 음악당의 흔적은 이제 마초 어르신들의 해방구로 그 역할을 다하고 있던 것이다.

"어르신들, 혹시 여기가 솔바람 음악당 자립니까? "

몇 분이 고개를 돌리는데 이 무슨 꿩 구워 먹는 소리냐는 표정이다. 당황한 소설가.

"그, 그럼 청마 유치환 시비가 어디 있는지 아십니까?"

"뭐? 청마 유치원?"

"뭐하노? 빨리 안 치고? 돈도 꼴았구만. 쯧!"

아무리 유구한 역사라도 보존하고 가꾸지 않으면 개똥 취급받기 마련이다. 길남 씨는 마초 타짜들의 소굴에서 서둘러 벗어나려 발걸음을 재게 놀린다. 뭔가 몸이 근질근질하다. 사람들마다 그들만의 리그와 세계가 있겠지만 방금의 해방구는 아무래도 좀 슬프다. 이후 길남 씨는 이성을 잃었는지 청마 유치환 시비를 찾아 미친 듯이 에덴공원을 헤맨다. 이곳의 의미를 찾아야 한다는 의무감이라고나 할까? 휴대폰 지도 앱에도 청마의 시비는 나타나지 않는다. 에덴공원을 세 바퀴나 돈 길남 씨는 아예 땀으로 샤워를 한 행색이다. 안내 표지판과 정반대 방향에 있는 체육공원까지 찾아낸 길남 씨…. 녹초가 된 그가 벤치 그늘에 앉아 땀을 닦는데, 체조를 하던 건전 체육 어르신 한 분이 묻는다.

"사장님은 뭐 한다고 그리 땀을 흘리면서 돌아댕기는교?"

"네, 덥네요. 하하, 어르신 혹시 청마 유치환 시비가 어딨는지 아십니까?"

"저기 반대쪽에 화투 치는 영감탱이들 있지요? 바로 거기 있다 아인교."

• 청마 유치환 시비

아뿔싸! 길남 씨는 아까 엉거주춤 바지춤을 끌어올리던 영감님 뒤에 좁은 오솔길이 있던 걸 떠올린다.

맙소사… 그 영감님이 조준했던 방향이 청마 유치환 시비 부근이었다니!

5분 후, 길남 씨는 드디어 청마 선생과 조우한다.

깃발

이것은 소리 없는 아우성
저 푸른 해원을 향하여 흔드는
영원한 노스탤지어이 손수건
순정은 물결같이 바람에 나부끼고
오로지 맑고 곧은 이념의 푯대 끝에
애수는 백로처럼 날개를 펴다
아! 누구인가?
이렇게 슬프고도 애닯은 마음을
맨 처음 공중에 달 줄을 안 그는

시원한 바람이 그의 땀을 식힌다. 저편 아래를 바라보니 아파트 사이의 강이 아름답게 반짝인다. 다대포 해변과 연결되는 낙동강이 천천히 흘러가고 있다. 그는 이제야 진정한 에덴공원의 진풍경 속에 들어와 있음을 느낀다.

"잠시지만 여기가 정말 천국이로군…."

• 에덴공원에서 바라본 낙동강

"에덴공원은 낭만과 문화의 공간으로
다시 태어날 수 있을까?"

P.S

원고를 쓰던 길남 씨는 에덴공원을 다시 검색하다 2021년 7월 9일자 뉴스에 "부산시는 '도시민의 쉼터와 산책을 통한 느림의 미학' 등을 테마로 삼고, 에덴 유원지를 자연 휴식처로 탈바꿈하기 위한 유원지 조성사업에 나섰다"는 소식을 접한다. 또 "서부산 명소 에덴 유원지 코로나에 발목 잡혀 재정비 제자리걸음"이라는 후속보도도 접한다. 에덴공원이 다시 낭만과 문화의 공간으로 태어날지는 아직 미지수인 셈이다.

부산 찐역사,
동래

부산의 역사와 동래

소설가 길남 씨는 『마마마, 부산』을 쓰며 한 가지 고민을 했었다. 부산의 시작을 그리고 싶은 마음에 부산 명칭의 유래가 됐던 동구 증산공원과 부산진성공원 주변을 소재로 원고를 먼저 정리했던 게 사실이다. 그런데 동구와 중구의 이야기를 쓰면서도 동래가 자꾸 끼어들어 훼방을 놓는 것이었다.

“동구, 중구? 개코라 캐라! 내가 먼저라꼬! 내가 더 잘나갔다 안 하나?”

동래의 외침에 길남 씨는 심히 쫄고 말았다.

‘맞긴 맞지. 부산의 시작을 이야기하려면 우짜든동 동래부터 건드리는 게 맞는 거 아이가?’

동래(東來)….

부산사람에게 이 명칭은 무언가 특별하고도 묘한 느낌을 선

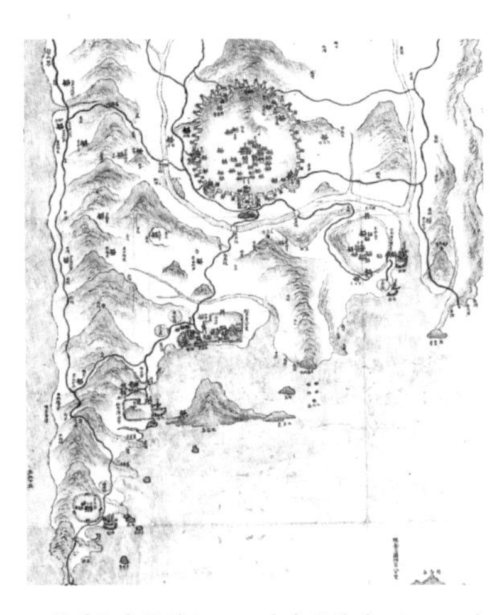

• 동래부가 중심으로 그려진 군현지도(1872, 서울대학교 규장각 소장)

사한다. 누군가에게는 대단히 낯선 곳으로, 누군가에게는 부산의 본토로, 누군가에게는 어린 시절의 향수로, 누군가에게는 깍쟁이가 사는 부촌의 모습으로, 누군가에게는 유서 깊은 역사의 현장으로, 누군가에게는 세련된 양반 도시의 느낌으로…. 실제 조선시대만 해도 부산(釜山)보다는 동래라는 이름이 훨씬 유명했고, 행정적인 부분에서도 우위에 있었던 게 사실이니까.

말이 나온 김에 따져보면, 동래부사는 비변사가 직접 임명하되 정2품은 못 가도록 했다고 한다. 그러니까 정3품이라도 급이 높은 당상관이었고, 수영에 있는 경상좌수사가 정3품, 부산첨사도 정3품이었다. 하지만 당시에는 문관을 높이 쳤고, 수군보다는 육군을 우선적으로 운용하던 시대였다. 실제 부산첨사는 무인을 보냈고, 동래부사는 문인이 임명됐다. 대표적 예로 정발 장군과 송상현 부사를 떠올리면 잘 알 수 있는 부분이다. 또 동래부사의 직속상관은 육군을 운용하는 종2품 경상좌병사였고, 부산첨사의 직속상관은 수영의 경상좌수사였다. 무슨 개똥 같은 자리싸움으로 역사를 따지냐고 소설가에게 따지신다면…

할 말은 없는데 뭐 그렇다는 이야기다.

사실 동래를 큰 도시처럼 여기는 인식은 불과 몇십 년 전까지도 이어졌다. 주례나 사상, 범일동이나 초읍 주변의 선배나 지인들(그러니까 이제 갓 60대가 된 풋풋한 어르신?)에게 곧잘 듣는 말로 어머니가 동래 쪽에 볼일이 있으면 이렇게 묻곤 했다는 것이다.

"엄마, 오늘 부산 가나?"

소설가 길남 씨는 예전에 만났던 다혈질의 부산사나이를 떠올린다.

"마, 서울이고 중앙이고 해쌓는 속에서 뺏길 거 다 뺏긴 데가 부산 아이요? 부산 꼬라지가 요 모냥 요 꼴로 된 이유 중의 하나가 뭔지 아요? 저 서울내기 다마내기들보다 더어! 우리 부산의 역사를 우습게 아는 게 바로 우리 부산사람이란 거요. 안 그라요? 배 작가!"

"아하하하, 예, 예에."

"그래, 맞지! 택도 아니게 깨진 엑스포고 뭐고. 뭐 29대 119? 아이고, 내 얼굴이 다 벌게질라 칸다. 뭐 정치 얘기는 다 빼고! 하이튼 간에 적어도 그런 행사를 한다고 까불라믄, 지가 사는 동네를 자랑스럽게 생각하고, 그 역사를 알아야 카는데, 그런 거는 하나도 모른다는 거요. 그라이까 제2의 도시라는 명함도 인천한테 뺏길라 카는 거지. 젊은 아아들이 제일로 많이 떠나는 도시 부산! 와아, 참말로 기가 찬다, 쌔리 마!"

와아, 하는 말마다 옳은 말이라 속이 시원하게 뚫렸다는 사실! 그런데 편집해서 그렇지, 학자란 양반이 무슨 놈의 욕을 그리

잘하는지…. 하여간 자기 사는 도시에 관심 좀 가지고, 또 자기가 사는 곳의 역사란 걸 조금이라도 아는 게 큰 도움이 된다는 이야기였다. 그리하여 소설가 길남 씨는 본격적으로 동래의 이야기를 해보려고 이를 앙 다물었던 것이었던 것이었던 것이었다.

동래의 추억

소설가는 동래하면 떠오르는 이미지가 두 개 있다.

아주 아주 어린 시절, 유치원 대신 다녔던 남부체육관에서 단체 소풍으로 찾아갔었던… 어린이날에 엄마 손 잡고 코끼리 보러 갔었던… 그곳. 금강공원 동물원!

바로 동물원이 동래의 첫 번째 이미지다. 사실 금강공원 안에 동래동물원과 금강 식물원이 있었는데, 놀이기구도 꽤 있고 금정산의 풍광이 좋아서 부산에서 최고의 핫플레이스에 속했던 곳이다. 1960년대에서 1980년대, 아니 90년대 초반까지가 전성기가 아니었나 싶다. 동래의 아성과 고속버스터미널이 노포동으로 이전하기까지의 이야기라고나 할까?

금강 동물원은 여러 가지 뉴스로도 기억에 남는다. 특히 사육사가 하마에 물려 죽었다는 뉴스는 어린 길남 씨에게도 큰 충격으로 기억된다. 1980년 7월 1일에 벌어진 사건인데 그 이후의 소문도 무성했다. 하마가 총살을 당했다는 이야기도 있었고, 사육사의 장례식까지 먹이를 주지 않는 벌을 받고 죽었다는 이야기도 있었다.

• 금강공원 동물원 코끼리, ©부산일보 DB

동래동물원은 부산의 첫 동물원이자 국내 첫 민간 동물원이었다고 한다. 이곳은 정말 인기가 많았다. 동래동물원을 추억하는 기사가 얼마 전《부산일보》에 나기도 했는데, 기사에는 봄나들이 철에 '사람이 많아서 땅이 보이지 않았다'는 이야기가 나온다. 길남 씨에게도 사람들에게 밀려가며 동물들을 구경했던 기억이 있다. 하지만 그것도 다 세월이 지난 이야기이다. 동래동물원은 IMF와 여러 불황으로 인해 2001년 11월 5일 임시휴업을 하고 동물들을 모두 대전동물원에 팔고 문을 닫는다.

두 번째 이미지는 동래 지역에 관한 화제가 나오면 나이 지긋한 분들이 꼭 한 번씩 꺼내는 이야기 소재다. 영도구나 중구, 진구, 남구 주변에 살았던 어르신들에게 종종 듣는데, 동래로 이사하려고 동래 지역의 부동산을 찾으면 자주 겪었다는 에피소드다.

보통 부동산 영감을 따라 집구경을 다 하고 나면 으레 가격에 대한 흥정이 있게 마련이다. 이럴 때 "다 좋은데 전세가 너무 비싸요"라거나 "집이 다른 지역보다 시세가 더 높네요" 등의 이야기를 하면 부동산 영감이 꼭 이렇게 소리쳤다는 것이다.

"어디서 갯가 것이 양반 동네 와서 씰데없는 소리를 하고 있어! 갯가 것이!"

아아, 내륙지역의 그 자부심이란…. 아직 마상(마음의 상처)이 치료되지 않은 듯 말씀하시는 분들을 보면 그 자부심은 실로 대단했던 모양이다. 어디까지나 한때의 에피소드를 소개할 뿐이다. 절대 지역 분쟁을 일으키자는 소리가 아니다. 실제 부산과 동래는 행정구역이 다를 정도로 구분됐음을 강조하는 예일 뿐이다. 동래 하면 떠오르는 에피소드가 워낙에 강렬해서 언급하는 것이니 독자 여러분은 너그러이 용서하시길….

행정구역으로서의 동래

조선시대의 자료를 찾아보더라도 동래읍성은 동래부사가 부임하는, 명실공히 이 지역의 가장 큰 행정구역이었다. 동래부사도 정2품 또는 정3품의 고위급이 부임했었고, 부산진성에 부임하는 첨사는 종3품 또는 종4품으로 지휘관의 품계 자체가 차이가 났었다. 물론 지금 동래와 당시의 동래는 개념이 좀 다르다. 동래와 기장을 잇는 소두방재를 포함해서 현재의 기장군까지 모두가 동래로 불린 적도 있었다.

행정구역의 역사를 좀 더 자세히 들여다보자.

1963년 부산시가 부산직할시로 승격하면서, 원래 있던 동래군에서 구포읍, 사상면, 북면, 기장면 송정리를 편입해 동래구는 엄청나게 넓어졌다. 그때 부산에 포함되지 못한 기장은 그 명칭을 기장군으로 개칭하지 않고 계속 동래군으로 유지했었다. 그러다 10년 후인 1973년에 동래군은 완전히 폐지되고 기장은 양산군에 병합된다. 하지만 원래 동래군에 속했던 기장은 1995년에 다시 부산광역시에 포함된다. 단 동래의 영향을 받지 않는 기장군이란 이름으로 말이다.

동래로 떠나는 여행

남포동 방면에서 동래로 떠나는 교통편은 의외로 간단하다. 왜냐하면 전통의 전철 1호선이 동래를 통과하기 때문이다. 수영구나 해운대구는 조금 복잡하기는 해도 2호선과 3호선 전철을 환승하면, 동래를 찾아가기는 쉽다. 그런데 남구 쪽은 지하철로 가더라도 그 거리와 환승이 조금 복잡하다.

소설가 길남 씨는 취재를 겸해서 가족과 함께 동래로 향하려 한다. 남구 대연동에 거주하는 그는 잠시 머리를 긁적이다 아하, 하고 탄성을 터트린다.

"시내버스 51번 타면 동래시장까지 한 방에 간다 아이가!"

남구 대연동에서 동래구 동래시장까지 가는 여정은 광안동, 수영, 망미동, 연산동을 지나가는 경로로 제법 감칠맛이 나는 코스이다. 제대로만 개발하면 원도심과 해운대로만 치우친 부산 관광의 새로운 루트가 되지 않을까?

남구 유엔공원과 부산박물관, 국립일제강제동원역사관 등의 공간은 대한민국과 부산의 역사를 한 번에 알아볼 수 있으면서도 볼거리와 놀거리가 곁들여진 곳이다. 거기서 조금만 더 가면 빵천동으로 유명한 남천동이 바다와 함께 펼쳐진다. 또 광안리해수욕장은 더 이상 말할 필요가 없을 정도로 유명하지 않은가? 또 이어지는 수영로터리에는 수영팔도시장과 역사를 자랑하는 수영사적공원이 버티고 있다. 그 곁에 있는 망미단길 또는 망미골목으로 알려진 거리는 아기자기한 카페와 빵집, 맛집, 독립서점, 꽃집 등 셀럽들과 여행객이 찾는 곳으로 유명하다. 다음으로 병무청이 있는 망미동에서 연산동으로 이어지는 연수로는 원도심 못지않은 고즈넉한 풍경이 일품이다. 그 연수로에서 우회전하면 연일전통시장이 나타나고 이어서 부산 번화가의 1번지를 호시탐탐 노리는 연산로터리가 나타난다.

새로운 관광 루트를 상상하는 가운데 버스는 벌써 연산로터리를 지나 계속 달린다. 창을 살짝 열자 봄날의 기운이 그득하다. 곧 부산 언론의 양대 산맥이라 불리는 국제신문 건물이 나타나고, 도시를 가로지르는 온천천과 그를 통과하는 세병교가 나타난다.

"다음 정류장은 동래경찰서입니다."

드디어 버스는 수안동의 동래경찰서를 안내한다.

1979년 부마민주항쟁 당시 부산대 학생들은 학교를 빠져나와 이곳 동래경찰서까지 거리 시위를 했다. 학생들은 이곳에서 "오늘 저녁 광복동에서 만납시다!"는 구호를 외치며 해산한다. 그날 저녁부터 이어진 시위는 시민들의 동참으로 이루어졌고, 이는 18년의 군사독재정권이 허물어지는 대규모 민주항쟁으로 발전하게 된다. 동래경찰서 앞에서의 그 외침은 민주항쟁의 큰 물줄기를 맞이하는 마중물이었던 것이다.

• 부산동래경찰서

동래부 동헌

"오빠, 동래란 이름은 익숙한데 수안동은 좀 낯설어. 무슨 뜻이지?"

소설가의 아내 전선 양이 질문을 던진다.

"여기가 수안동(壽安洞)인데, 수 자가 한자로 목숨 수(壽)를 쓰거든? 근데 원래는 동래부 동헌(東軒)이 있어서…. 어어? 내 말하고 있다 아이가?”

궁금하다며 물어볼 때는 언제고 설명이 길어지자 횡하니 사라진 전선 양이다. 섭섭한 소설가는 독자 여러분에게 남은 설명을 보태드린다.

수안동은 동래부사가 집무하던 동헌(東軒)이 있던 곳이다. 벌써 수안동의 ‘수’ 자가 왜 ‘수’인지 눈치채실 것이다. 원래는 으뜸 관아라는 뜻에서 ‘머리 수’인 수안(首安)으로 부르다가 지금의 수안(壽安)으로 바뀌었다고 한다. 또 땅을 조금만 파도 물이 나오는 마을, 또는 동래성 수문(水門) 안에 있는 마을이라는 뜻에서 수안동(水安洞)으로 부르기도 했다.

이곳은 현재에도 교통의 요충지이자, 공공기관과 금융기관이 집중된 동래구의 중심지다. 수안초등학교, 동래경찰서 내성지구대, 소방파출소가 있고, 수민동사무소가 위치한다. 문화유적으로는 동래부사청동헌(부산유형문화재 1), 장관청(부산유형문화재 8)이 있다.

자, 이제 가족의 동래 탐방이 시작되려 한다.

• 수안치안센터 앞 포졸

동래시장 입구 부근에 다다르자 활기찬 분위기가 확실히 다르다. 역사와 전통이 있는 곳인 만큼 시장 앞은 여느 곳과 다르게 고풍스런 분위기도 함께 흐른다. 당장에 수안치안센터만 해도 포졸 동상 두 명이 늠름하게 입구를 지키고 있다. 도둑 잡는 포졸의 동상도 거리의 사람들과 뒤섞여 흥미로움을 자아낸다. 치안센터 앞 동래시장길에는 1919년 3월의 만세운동을 기념하는 만세거리 표지석도 자리하고, 동래를 빛낸 독립운동가들과 그들의 업적을 새긴 표지석들도 가지런히 자리하고 있다. 과연 역사의 거리라고 불릴 만하다.

이제 본격적으로 역사의 현장으로 들어갈 차례이다. 시장 입구로 들어서기 전 오른쪽에 위치한 동래부 동헌은 구한말까지 부산의 모든 역사를 품고 있는 곳이라 해도 과언이 아니다. 사실 동래읍성의 역사는 삼한시대가 거론될 정도로 상당히 깊다. 그러다가 임진왜란 이후 파괴된 읍성이 방치된 시기도 있었다. 1731년 동래부사 정언섭이 나라의 관문이라는 중요성을 강조하며 이전보다 훨씬 큰 규모의 읍성을 쌓았다고 한다. 둘레는 약 7.7km에 이르렀다. 성안에는 관리와 민간인의 거주지를 비롯해 각종 관아시설, 조세창고와 무기창고, 도로, 연못, 우물 등이 있었다. 지금 마주친 동래부 동헌도 성안의 주요시설이었다.

동래부 동헌을 살펴보니, 외대문(동래독진대아문 東萊獨鎭大衙門)이 먼저 나타난다. 이 문이 이곳에 있기까지의 사연이 구구절절하니 한 번 들어보자.

원래 동래부 동헌 앞에 있던 것인데 일제강점기에 일본이 '시가지 정비'라는 구실로 동래읍성을 후벼파는 외대문의 시련은 시작된다. 일본은 동래읍성의 서문에서 남문에 이르는 평지의 성벽을 철거했고, 그 바람에 남문에서 동문의 성벽은 저절로 무너져버린다. 거기에 민가가 들어섰으니 동래읍성의 복원은 상당히 어려운 일이 되었다. 외대문의 운명도 그와 같이했다. 엉뚱하게도 외대문은 금강공원 내 숲속으로 이전되어 80년간 방치된다. 그러나 부산역사문화대전에 따르면, 10년 전인 2014년 동래구 수안동 동래부 동헌 경역 복원 사업으로 이전·

• 동래독진대아문

• 동래부 동헌 전시물

복원했다고 한다.

그런데 현재에도 아예 똑같은 폐해가 '재개발'이란 이름으로 마구 자행되고 있는 곳이 부산이니, 참으로 아이러니하다는 생각이 든다.

외대문에 적힌 문구들은 조선시대 후기 부산이 어떤 역할을 했던 곳인지 정확하게 알려준다. 대문 중앙의 '동래독진대아문' 현판은 동래부가 경상좌도 경주 진영에서 독립해서 독진(獨鎭)이 되었음을 공포한다. 왼쪽 기둥을 보면 동래부가 진변(鎭邊)의 병마절제사(兵馬節制使)의 영(營)이란 뜻의 '진변병마절제영(鎭邊兵馬節制營)'이란 설명이 있다.

그렇다면 동래부가 조선군의 중요한 위치에 있는 병마절제영, 그리고 독진으로 승격한 원인은 무엇일까?

그 원인은 왼쪽 기둥에서 찾을 수 있다. 기둥에는 왜(倭)와 외교할 때 사신(倭使)을 접대하는 관아라는 뜻의 '교린연향선위사(交隣宴餉宣慰司)'란 현판이 걸려있는데 이는 곧 두모포에 있던 두모포왜관과 72년 후 새로 들어섰던 초량왜관을 염두에 둔 것이다. 동래부 동헌은 왜관을 통해 들어온 왜 사신을 맞고 관리하는 임무를 띠고 있었다. 왜와 관계한 모든 업무는 동래부사와 부산진첨사가 연대책임을 졌다. 하지만 왜와의 모든 문제를 총괄하는 것은 동래부였다. 왜관이 생긴 이후 조선과 일본은 완벽한 평화를 맞이했고, 이 평화는 제국주의 일본이 먼저 깨기까지 약 300년간 이어진다. 조·일의 평화는 한민족이 한반도에 정착한 이후 최초로 보장되는 것이었다. 정치, 외교, 군사적으로 그만큼 중요했던 곳이 바로 부산이었다. 동래부 동헌과 동래독진대아문은 그런 의미에서 대단히 큰 의미를 지닌다.

소설가 길남 씨는 부산사람이 이러한 자랑스러운 역사를 잊지 말았으며 하는 바람이다. 부산에서 태어난 아이들이 부산을 떠나 서울이나 외국으로 나가려 하는 풍토가 왜 생겨났겠는가? 생각 없는 정치·행정가들에 대한 비판은 당연하다. 더 욕해도 된다. 하지만 한편으로 생각하면 이 꼴을 만든 책임이 그들만으로 끝나지는 않는다. 애향심 없는 부산사람에게도 그 책임은 있지 않을까…? 소설가는 갑갑한 마음에 잠시 한숨을 내쉰다.

동래시장으로 가다

동래부 동헌의 역사적 의미를 뒤에 두고 소설가의 가족은 동헌 앞 마네킹 포졸 아저씨와 포토타임을 가져본다. 딸 참참 양의 사진을 열심히 찍어주는 것이 현재 길남 씨의 임무다.

"아빠, 배고파. 맛있는 거 사주세요."

어떻게 알았는지 동래시장 건물로 달려가는 전선 양과 참참이. 길남 씨는 서둘러 둘의 뒤를 따른다.

동래시장 입구에는 커다란 간판과 함께 전광판의 글자가 환영의 인사를 밝힌다. 동래시장 건물에 들어서기 전 외부에도 전자제품, 건어물, 가구 등등 여러 품목의 상가들이 포진해 있다. 동래시장은 주변의 문화재로 인해 재건축이 이뤄지지 않아 어려움을 겪었었다. 하지만 지금은 신축 건물이 들어서서 자동문과 냉·난방, 주차장 시설까지 잘 갖추고 있다.

1층 건물로 들어서자 통풍이 잘되는지 시원하고 상쾌한 공기가 가족을 맞이한다. 점심때가 살짝 지났음에도 식당가는 제법 활기가 있다. 개방된 점포마다 놓여있는 나무 의자에는 손님들이 꽉 들어차 있다. 입구의 코너에는 칼국수, 김밥, 당면 등 분식으로 출출함을 달래는 손님들이 문전성시를 이루고 있다. 안쪽 식당가에는 보리밥, 국밥 등등의 메뉴가 뷔페식 반찬과 함께 손님을 반긴다. 콩나물, 동치미, 깍두기, 오징어젓갈, 멸치볶음, 호박볶음, 고사리볶음, 도라지무침, 미역무침, 오이소박이, 무채나물, 단배추무침, 생선구이, 거기에 각종 쌈에 고추장, 젓갈,

• 동래시장 식당가

• 동래시장 식당가 음식

쌈장, 간장까지…. 갖가지 반찬들이 화려하지 않으면서도 맛깔나게 좌악 깔려있다. 길남 씨의 눈이 휘둥그레진다.

길남 씨는 이런 뷔페식 반찬 형식을 멀리 경주시장에서 본 바 있으나, 동래시장의 식당가는 메뉴의 다양성과 다른 가게와의 호환성에서 한 걸음 더 나아간다. ‘바다이야기’라는 수상한(?) 이름의 점포에 앉은 길남 씨 가족은 보리밥 2인분을 시킨다. 소설가는 전선양의 눈치를 보다 도저히 참지 못하고 소주 한 병을 시킨다. 막걸리도 먹고 싶은데 그건 다음 기회에…. 메뉴를 살펴보니 동래파전, 녹두전, 빈대떡, 생태머리전 등 화려한 라인업이 포진한다. 메뉴에 회초장이 있어 주변을 살펴보니 다른 횟집에서 회를 떠서 함께 즐기는 분들도 많다. 각 계절에 맞춰 회를 저렴하게 즐길 수 있다는 귀띔이다. 그뿐 아니라 돼지 수육도 눈에 띄어 사장님께 물어보니 시키면 가져다준다고 하신다. 한 접시 오천 원, 만 원 하던 것이 물가 인상으로 살짝 올랐지만, 그래도 이게 어딘가!

깻잎, 상추 등 그득한 쌈과 쌈장에 고추, 마늘, 김치를 싸서 입에 넣으니 감동이 밀려온다. 소주 한 잔에 감동하며 한 병을 아껴먹는 꼴을 지켜보던 전선 양이 쯧쯧 혀를 차더니 옆 가게에서 팥빙수를 시킨다. 추억의 팥빙수만큼 그득한 빙산 그릇이 배달되어 오자 아이스크림인 줄 착각한 참참 양이 다시 호들갑스러워진다.

"사실 동래시장은 부산에서 가장 큰 시장이었거든. 구포시장이 외부와 연결되는 큰 시장이라면, 부산 내부에서 가장 큰 시장은 동래시장이었단 말이지. 옛날 동래 읍내장은 2일, 7일, 구포장이 3일, 8일이었으니 장돌뱅이들한테는 안성맞춤이었지. 그런데 중간에 만덕고개가 버티고 있단 말이야. 산적이 그리 많았다는데, 그 산적들을 초절정 무술 고수 한 명이 딱 나타나서는… 그냥 마, 팍팍!"

"오빠, 그때 빼빼 영감이 산적들 다 쫓아냈다고… 그 이야기 할 거지? 전에 만덕사 갔을 때 벌써 몇 번 했던 거잖아?"

아아, 그렇더라도 또 한 번 들어주면 안 되겠니? 길남 씨는 근지러운 입을 소주 한잔으로 달랜다. 서당개 3년이면 풍월을 읊는다고 했는데, 너무 유식해져서 언론을 통제하니 그게 참말로 탈이다.

배를 채웠으니 다시 시장 탐방에 나설 때이다. 그러고 보니 건너편 선어회 코너도 손님들이 제법 있다. 역시 낮술은 진리인가 보다. 가족은 2층으로 올라가 본다. 동래시장의 2층 의류코너는 소박하면서도 멋이 흐르는 옷이 많기로 소문난 곳이다. 액

세서리와 가죽신 등의 수제 제품들이 눈길을 끈다. 전선 양의 눈이 정신없이 움직이는데 참참 양까지 덩달아 흥분한다. 길남 씨는 지갑과 카드를 꼭 쥐고 있을 뿐이다.

수안인정시장

이제 동래시장 건물을 나와 골목을 돌아 나서니 동래부 동헌 담장이 나타난다. 담장을 따라 내려가 보니 이상하다. 또다시 커다란 재래시장이 시작되는 느낌이다.

"이거 시장이 하나 더 있는데?"

그렇다. 시장이 또 하나 나타난다. 이름하여 수안인정시장(壽安人情市場).

수안동과 인정이 함께 붙은 시장의 이름이 왠지 자연스럽다. 옛 동래읍 장터, 동래시장에서 자연스레 연결되어 확장된 수안인정시장은 좁은 골목을 중심으로 상가점포가 연결되어 사람 사는 냄새가 물씬 풍기는 곳이기 때문이다. 실제 동래시장은 건물 안에 비슷한 점포가 밀집한 반면, 수안인정시장은 살짝 미로 같은 골목의 연속이다. 특히 국밥, 분식, 족발, 통닭 등등 여러 종류의 맛집으로 점점 유명해져 타지에서 일부러 이곳을 찾아올 정도이다. 특히 '꼼리단길'이란 표지판까지 붙여놓은 꼼장어 골목은 주당들에게 인기 폭발이다. 원래 '~리단길' 따위를 붙이는 걸 달가워하지 않는 소설가도 꼼리단길에서는 웃음을 피식

• 수안인정시장 풍경

터트리고 만다. 아차, 그리고 산꼼장어 말고 죽은 꼼장어는 가격이 반으로 뚝 떨어지니 참조하시길. 그렇다고 맛이 떨어지지도 않는다. 연탄불에 구운 꼼장어의 그 향기란…. 으윽!

수안시장의 판매품목은 맛집에만 치우쳐 있지 않다. 슈퍼, 옷집, 구제, 떡집, 해산물, 채소, 잡화 등등 갖가지 물품을 파는 상가들이 조화롭게 포진돼 있다. 아닌 게 아니라 길남 씨 가족이 지나가는 시장 골목은 저녁이 다가옴에도 불구하고 넘치는 인파에 족발집이나 닭집 등에 줄을 서 있는 사람들도 쉽게 볼 수 있다. 어쨌건 이 시장에 숨은 맛집 고수들이 많은 것만은 확실한 것 같다. 문득 정신을 차리니 아내와 딸이 사라졌다. 어디 있나 살펴보니 시장이 끝나는 골목 끝에 새장을 길게 늘어놓고 애완용 조류를 판매하는 노점을 두 사람이 구경하는 중이다. 정말 오랜만에 보는 새 노점이다. 새장에서 나온 새 두 마리가 낮게 날아다니다 새장에 다시 앉는다. 앵무새를 보고 흥분한 참참 양이 겁을 내다가 다가섰다를 반복한다. 전선 양이 길남 씨를 보더니 어서 오라며 손짓을 한다.

"오빠, 다음에는 근처 복천박물관도 갔다 오자."

"응, 그리고 칠산동 동래고 앞 태백관에 가서 산더미 탕수육도 먹자."

오늘 동래 탐방은 성공적이다. 반나절 이상을 바쳐도 가볼 곳이 더 많은 동래다.

"동래가 크긴 크구만."

시장을 나오며 소설가가 혼자 중얼거린다. 역시 원조 양반 동네는 스케일이 다르긴 다르다. 서서히 날이 어두워져 간다. 참참 양은 피곤한지 정류장 의자에 앉자마자 고개를 꾸벅꾸벅. 도로 저편을 바라보니 집으로 돌아가는 51번 버스가 다가온다. 참참 양을 깨우려다 얼른 등에 업는 길남 씨. 하지만 피곤에 절었는지 다리가 비틀비틀 꼬인다. 아아, 책임감으로 무장한 가녀린 대한민국 가장의 모습…. 그때 들려오는 전선 양의 한마디.

"내가 업을까?"

순간 길남 씨는 등골이 오싹하면서 다리가 쫙 펴진다. 참참 양을 업고 백두산까지 달릴 기세로 힘차게 오른 51번 버스. 자리 찾는 길남 씨의 눈동자는 불타오르고….

조금 있자니 버스는 세병교를 지나간다.

"노을이 내려앉은 온천천이라니…."

소설가가 붉게 물든 풍경을 가리키며 뒷자리로 고개를 돌린다. 그러나 전선 양과 참참 양은 이미 꿈나라로 떠난 지 오래다. 미소 지으며 창가를 바라보자 어느새 국제신문 건물이 나타난다. 51번은 연산동을 지나 망미동으로 향할 것이다. 길남 씨는 오늘의 동래 여행을 곰곰이 복기해 본다. 아무래도 가지 못한 곳에 대한 아쉬움이 남는다. 서서히 밀려오는 졸음에 눈이 반쯤 감긴 채로 중얼거리는 말.

"찐역사 다음 여행은 무조건 복천박물관으로…."

길거리 음식

부산의 길거리 음식

"부산의 길거리 음식이라…."

소설가 길남 씨가 탄식하듯 중얼거린다. '마마마, 부산 프로젝트'의 마지막 미션은 길거리 맛 탐방이다. 부산의 온갖 곳을 돌아다녀 봤으니, 이제 먹는 이야기도 쪼매 하는 게 맞다. 자, 그러면 어디부터 건드려야 하나?

"평소처럼 길남 씨가 부산을 돌아댕기면서 만났던 먹거리를 쓰면 되는 거 아냐?"

그런데 부산의 길거리 음식으로 소재를 정하니 막막함이 먼저 앞선다. '어떤 음식으로 해야 하나?'라는 고민보다 '어디를 먼저 해야 하나?'라는 지역 선택의 고민이 더욱 커진다. 일단 원도심이나 동래 쪽을 먼저 써야 할 것 같은데…. 그래도 이건 섣부르게 생각할 문제가 아니다. 일단 제일 먼저 길거리 음식을 세

분화해서 정리할 필요가 있을 것 같다. 그래서 길남 씨는 생각나는 대로 길거리 음식의 '명문 정파' 들을 모조리 소환해 보기로 한다.

1번 타자, 길거리 음식의 대표인 분식파!

길거리 분식의 스타는 뭐니 뭐니해도 떡볶이다. '부산 전통 떡볶이'라는 게 따로 존재하나 싶겠지만, '무거운 단맛 속에서 너무 맵지 않은 끈적한 떡과 전국적 유명세를 자랑하는 부산어묵의 조합'이라는 튼실한 전통이 존재한다. 그리고 굳이 따지자면 뭐, 주머니 사정을 고려한 저렴함? 하여간 이제부터 분식파의 고수들이 등장할 타임이니 자, 기대하시라. 개봉박두!

부산 전통 떡볶이에 튀김과 오뎅 국물이 일품인 집들로는 영도 동삼동의 '백설대학', 해운대 시장의 '상국이네'와 그 바로 앞집 '명물튀김', 광안리의 상호(商號) 스토리텔링이 일품인 '다리집'(지금은 이전했음), 부평깡통시장 '이가네 떡볶이'가 있고, '할매 시리즈'로는 '사직동 할매 떡볶이', '남천동 할매 떡볶이', '수영 팔도시장 할매 떡볶이', 가격 착하기로 유명한 '수정시장 할매 떡볶이' 등이 있다. 맵기로는 '범일동 조방 떡볶이'(요즘은 조방 매떡으로 불림) 따라갈 곳 없을 것이고, 즉석떡볶이로는 '영도 도날드', 먹자골목으로 따지면 '비프광장 떡볶이'와 '서면시장 떡볶이'를 빼면 안 될 것이다. 그리고 또 어디가 있냐면….

아, 아아, 고마 여기서 잠깐! 이거 뭐 유명한 가게 이름만 나열해도 벌써 한 바닥 아이가? 잠시 고민하던 길남 씨는 간단한 소개로서 부산 스페셜 길거리 음식들을 소환하기로 결정한다.

레이디스 앤드 젠틀맨, 지금부터 무림 각파 입장이 있겠습니다.
땅콩빵, 계란빵, 붕어빵, 잉어빵, 와플, 망게떡, 타코야끼, 햄버거, 토스트 등으로 이어지는 베이커리파.
찐만두, 군만두, 물만두, 왕만두, 찐빵, 호떡 등 중화 호빵파.
군밤, 군은행, 군오징어, 오다리, 쥐포, 찐옥수수, 고구마튀김 등등 영화관 군것질파.
뻥크림, 소프트 아이스크림, 터키 아이스크림 등 아이스께끼파.
찌짐(파전 또는 부추전), 오징어무침, 김밥, 국수 등 잔치음식파.
구운 닭꼬치, 닭강정, 튀김 닭꼬치, 소라 꼬치, 문어 꼬치, 오뎅 꼬치, 물떡 꼬치, 탕후루 꼬치 등 온갖 재료를 꼬치꼬치 꿰어버리는 꼬치파.
심지어 번데기, 달고나, 투명 설탕과자 등 뽑기파까지…!

갖가지 음식들이 저요! 저요! 하고 손을 드는데 길남 씨는 모두에 호응하지 못하고 결국 눈을 감고 만다. 아아, 이 사태를 어찌해야 하는가? 부산의 길거리 음식! 이거 주어진 주제의 범위를 수정하지 않고서는 어떻게 할 수가 없다.

부산이란 데가 원래 그런 곳이긴 하다. 해방 시절 해외로 나갔던 모든 이가 부산을 통해 들어왔고, 한국전쟁 시절 고향을 떠난 팔도의 모든 이가 부산으로 모여들었고, 전 세계의 군인들이 부산항을 거쳐 들어왔었다. 원양산업의 유일한 항구로서 전 세계의 생선이 모조리 모여들었으며, 더 깊이 들어가서 조선시대 왜관 시절부터 조선, 일본, 청, 명, 동남아시아와 중동까지 국제 무역의 허브로서 존재했던 곳, 대륙 간 국제철도의 동아시아 시발역이자 종점으로 더 큰 걸음으로 나아갈 곳, 바로 한반도와 세계의 통로 부산 되시겠다!

약간 부뽕(?)스럽긴 하지만 저런 이유에서도 알 수 있듯이, 부산의 길거리 음식은 재료만 살펴봐도 다양하기 그지없다. 그뿐 아니라 길거리 음식의 유래 또한 각양각색 또는 애매모호한 것이 부산 길거리 음식의 특징이다.

그렇다면 소설가 길남 씨는 여기서 과감한 결정을 내릴 수밖에 없다. 그는 소개된 길거리 음식이 함께 포진돼 있으면서도 의미가 담긴 장소를 선정해 집중하기로 한다. 거기에다 길거리 음식도 엄연히 역사가 있고 전통이 있으니 그런 의미를 잘 담을 수 있는 곳이어야 할 것이다. 과연 그곳은 어디가 될까…?

답은 정해진 것 아닌가? 앞에서 말씀드린 대로 부산 원도심의 메카, 남포동 & 광복동이다!

• 남포동 비프광장 입구

남포동으로 집결!

길남 씨가 버스에서 내리자 길 건너로는 바다 내음이 그득한 자갈치 시장이 눈에 들어온다. 고개를 돌려 반대편 거리를 쓰윽 바라보니, 입구부터 길거리 가판이 즐비하다. 여기가 어딘가? 바로 부산 남포동 BIFF 광장!

순서대로 살펴도 대왕 닭꼬치, 납작만두, 씨앗호떡 가판이 깔려있고, 맞은 편에는 마른오징어, 고구마튀김, 쥐포, 오다리

등속의 영화감상용 건어물이 자리한다. 그 곁으로는 찐빵, 만두, 옥수수, 번데기 등등 엄청난 수의 메뉴들이 각각의 개성을 뽐내며 포진한다. 하지만 아무리 경쟁자가 많다 하더라도 이곳의 4번 타자는 오랜 시간 이곳을 지켜왔던 떡볶이 코스가 아닐까?

국물 닭꼬치

현재 비프 광장의 떡볶이 리어카 가판은 대여섯 집 정도가 자리하는데, 통일성을 지켜 모두 같은 메뉴로 구성된다. 다른 지역과는 달리 튀김은 취급하지 않는다. 이곳은 떡과 어묵에다 주재료 하나를 더 추가한 순대 떡볶이가 주메뉴이다. 이외에 부산오뎅, 매운오뎅, 김밥, 유부주머니 등이 기본메뉴인데, 이 중에서 가장 특색 있는 것은 전국 어디서도 찾아보기 힘든 메뉴인 빨간 국물에 삶은 닭꼬치다. 보통 닭꼬치는 불에 굽는데 이건 떡과 파와 함께 꽂아 매운 국물에 조리하고 국물과 함께 담아준다. 물론 세월이 흘

• 전통의 강호 매운닭꼬치와 매운오뎅

러… 몇십 년간 이곳을 지켜온 국물 닭꼬치의 인기는 조금 떨어진 듯이 보인다. 주변은 TV와 SNS에 현혹되어 전국에서 찾아온 청춘들이 씨앗호떡을 외치며 줄을 서고 있는 판에 이런 구닥다리 음식이 남아날 수 없을지도 모른다. 그렇다 하더라도 이 기묘한 음식의 진가를 맛본다면 얘기는 달라진다. 추운 겨울날 이모님께서 슬쩍 부어준 잔소주와 함께 후루룩 쩝쩝하면 과연 이 맛을 과연 잊을 수 있을까? 개성 넘치는 이 음식은 이곳 비프 광장만의 시그니처인 것이다.

• 남포동 비프광장 떡볶이, 빨간오뎅, 닭꼬치, 국물

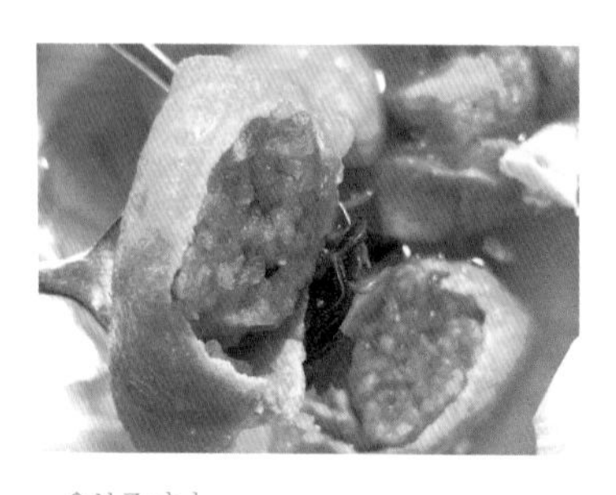

• 유부주머니

이왕 얘기가 나온 김에 떡볶이 리어카 중 가장 오래된 50년 떡볶이집 사장님의 증언을 잠시 들어보자.

“우리 간판에 적힌 50년이 진짜 맞냐고? 50년이 훨씬 넘었지. 내만 해도 어머니 가게 하는 거 이어받아 한 게 34년이 안 넘었나? 할매는 인자 팔십일곱이 다 돼가 못 나오지. 안 나온 지 10년이 넘었어요. 아아, 거기 유부주머니는 그냥 묵지 말고 국물을 컵에 따르고 숟가락으로 떠묵어요."

씨앗호떡

자, 짭짤 메뉴로 배를 좀 채웠으니 대세 중의 대세인 씨앗호떡을 한 번 먹어볼 차례이다. 현재 성황리에 판매하는 가판 가게는 두 개이다. 하나는 '승기 원조 씨앗호떡'이고 하나는 '아저씨 원조 씨앗호떡'이다.

벌써 느낌이 오시는지 모르겠지만 전자는 예능프로그램 <1박 2일>에서 이승기가 들른 후 폭발적 인기를 얻은 곳이고, 후자는 그 이전부터 줄을 서서 먹던 원조 씨앗호떡이다. 길남 씨는 딸 참참 양과 아저씨 원조 씨앗호떡에 줄을 서기로 했다. 맛보기 씨앗으로 한 숟갈 덤으로 주는데 이게 또 정이라고 푸근하게 느껴진다. 하지만 가격은 2,000원! 뛰어오른 물가에 한숨이 나오지만 먹을 건 먹어야지…. 참참 양은 아주머니께서 챙겨주신 종이컵에 씨앗을 담고는 함박웃음을 짓는다. 사장님이 마가린에 잘 튀겨진 호떡의 양옆을 가위로 살짝 가른다. 그 속으로 흑설탕 꿀이 스르륵 흘러나오는데, 솜씨 좋게 벌린 사이로 일곱 가지 씨앗을 듬뿍 부어 넣는다. 이제 완성된 씨앗호떡을 종이컵에 넣으면 세팅 끝! 이제 맛의 향연을 만끽할 때이다. 한입 베어 물자 마가린의 짭짤 고소함과 검은 꿀이 쪼득하게 다가오면서 씨앗의 오도독한 식감이 입속에서 교향악을 연주한다. 이후 씨앗의 고소한 향과 미감이 혀와 코를 강렬히 자극한다. 아아, 고려시대 회회떡에서 비롯되었다던 오랑캐떡의 무궁한 발전이여! 지금도 너를 오랑캐떡, 호(胡)떡으로 부른다마는 그 누가 너를 딴 나라 음식이라 하겠느냐? 다만 물가가 내린다면 너도 좀 가격이 다시 착해지고 크기는 더 커져다오. 바라는 건 그것 하나밖에 없나니….

• (왼) 비프광장 씨앗호떡
• (오) 씨앗호떡 씨앗 넣는 장면

땅콩빵

호떡에 대해 진실한 기도를 올리던 소설가 길남 씨. 고개를 돌리니 같이 탐방하던 아내 빽업 양과 딸 참참 양이 안 보인다. 어디 갔나 살피니 하얀 봉투를 들고 두 사람이 돌아온다.

"참참이가 땅콩빵도 먹고 싶다잖아."

아, 땅콩빵이라! 그러고 보니 이놈도 참 오랜만이다. 무심코 하나를 입에 가져가는데 휘리릭 지나가는 아련한 추억….

"어? 외출증 받고 나가나 보네? 올 때 맛있는 거 사 와."

"뭐, 뭐 좋, 좋아하는데…?"

"어머, 진짜 사 오려고? 그럼 땅콩빵이나 호두빵!"

"니 이름 길남이 맞제? 야아 있다 아이가 우유도 좋아한데이. 깔깔깔!"

오전 9시부터 밤 10시까지 입시학원에 잡혀 있던 스무 살의 시절.

풋풋하던 재수생 길남이는 난생처음으로 여자애들에게 둘러싸여 얼굴이 벌게져 있었다. 그렇게 땅콩빵의 인연은 첫사랑으로 이어져 많은 추억과 이야기를 만들어갔었드랬었었지.

아, 옛날이여….

"오빠, 오빠! 가자니깐 뭔 생각 하노?"

화들짝 놀라며 순식간에 현실로 돌아온 길남 씨.

세월은 흘러 흘러 땅콩빵의 주인공도 땅콩빵의 이야기도 바뀌어 있도다. 아아, 땅콩빵, 땅콩빵이여. 양쪽으로 땅콩 한 알씩 들어있던 너였건만, 이제는 세월이 흘러 땅콩도 반 알밖에 품고 있지 않구나!

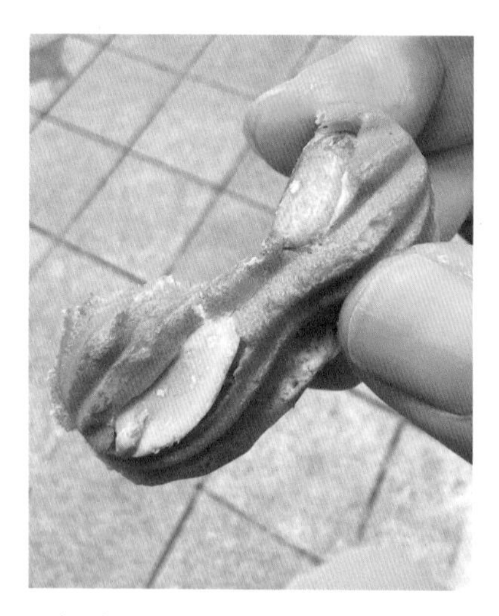

• 땅콩빵

전국 어디서나 찾아볼 수 있던 길거리 간식, 땅콩빵! 다른 지역에선 땅콩과자라 불리기도 한다. 보통 땅콩빵과 함께 동그란 호두빵도 함께 팔았는데, 여기엔 호두가 거의 안 들어 있고, 연한 회색의 앙금만 가득 차 있곤 했었다. 반죽은 우유, 분유, 밀가루, 땅콩을 혼합해 만든 것으로, 틀에 반죽을 부어 구워낸다. 보통 틀에 부은 반죽이 넘치는 경우가 대부분으로 서로 연결된 땅콩빵은 왠지 덤을 받는 것 같아서 기분이 좋았었다. 전국구의 간식이긴 하지만 흐르는 세월은 이기지 못하고 길거리에서 많이 사라진 모습이다. 하지만 땅콩빵을 가장 먼저 팔았다고 전해지는 부산만큼은 아직 그 모습을 자주 찾아볼 수 있어서 다행이다. 추운 겨울, 땅콩빵, 호두빵에다가 옆 가게의 붕어빵까지 사면 겨울 빵 삼종 세트가 완성되며 더 이상 부러울 게 없게 되는 것이다.

정통 먹자골목의 충무김밥

소설가 길남 씨는 본격적인 먹취재를 위해 남포동의 오리지날 먹자골목으로 들어선다. 소설가는 딸 참참 양과 함께 먹자골목의 중간 즈음에 자리 잡고 앉았다. 먹자골목에 들어서는 순간부터 들려오는 "맛있어요, 여기 앉아요.", "일로 오이소." 하는

• 남포동 먹자골목

손짓과 부름에 굴복하고 스르륵 앉은 자리이다. 오늘의 메뉴는 보기만 해도 윤기가 흐르는 비빔당면과 통영 못지않은 맛을 자랑하는 부산표 충무김밥이다. 통영분들이 무슨 소리냐고 버럭하실지는 몰라도, 부산 충무김밥의 역사를 보면 보통 40~50년은 기본으로 먹고 간다.

사실 충무김밥의 충무가 통영이란 사실은 알만한 사람은 다 아는 사실이다. 하지만 충무시와 통영군이 합치며 이름이 통영으로 바뀐 것이 1995년의 일이니… 벌써 30여 년이란 세월이 흘러버렸다. 젊은 세대가 영화 찍는 충무로나 남포동 옆의 충무동을 떠올린다 해도 별 할 말은 없는 셈이다. 그런데 남쪽 끝의 도시였던 충무의 이름 없던 즉석식품이 어떻게 전국적 명성을 가진 충무김밥이 되었을까? 그 답은 1981년 전두환 정권의 어용관제 축제였던 '국풍81'에서 비롯된다.

당시 5공화국의 국풍81 축제위원회는 충무시에서 충무김밥을 팔며 뚱보 할머니라 불리던 어두이 씨(魚斗伊, 당시 63세)를 서울특별시 여의도로 데려온다. 할머니는 거기에서 천막 김밥집을 차려놓고 충무김밥을 선보였는데 700인분이 3시간도 안 걸려서 다 팔리는 놀라운 위업을 달성한다. 당시에는 양념 잘 바른 꼴뚜기와 멍게를 꼬치에 끼워 김밥과 함께 제공했다고 한다.

국풍81로 인해 전국구 스타가 됐다는 충무김밥! 그런데 이 충무김밥이 생긴 유래에 대해서는 설왕설래 이야기들이 많다. 두 가지 설이 가장 유력한데 잠시 그 이야기를 들어보자.

1. 마, 있다 아인교? 이기 마, 6, 70년대 이바구인 기라! 아, 고기 잡는 뱃사람들이 새벽에 고기 잡으러 가는데 도시락이나 올케 사가겠나? 그래가 간단하이 김밥을 싸 갈라카는데 이기 시간이 지나면 자꾸 쉬이가 묵지도 못하고 버리뿌는 기라. 그래갖고 김에다가는 밥만 말고, 반찬을 오징어하고 담치나 조개 이런 거 쪼린 거 하고, 무로 대충 썰은 깍두기를 반찬으로 갖고 갔다 안 하나? 그기 충무김밥 유래라 이기야!

2. 아, 그기 아이지! 뱃사람들이 겨울에 고기 잡으러 가믄 얼마나 추븐데 김밥 쪼가리나 묵고 있을 끼고? 배에서 밥도 해묵고 라면도 끓이고 국도 끓이고 다아 그라는데! 충무김밥은 그기 아이라, 옛날에 여수에서 부산까지 가는 여객선이 있었다고. 이기 기차도 잘 안 다니고, 차편도 불편코 하이까 사람들이 무지하게 많이 타고 댕깄다 말이지. 근데 이 여객선이 중간에 쉬어가는 데가 충무, 그라이까 지금 통영이다 이기야! 그때 배가 항구 입구에서 부두에 갈라믄 속도를 안 낮추겠나? 이때, 이 충무김밥 장수들이 나룻배로 따라 붙어가 밧줄 걸어놓고는 목숨 걸고 안 올라탔나? 그래가, 출출한 승객들한테 마, 미친 듯이 팔아 제끼뿌고 다시 밧줄 타고 나룻배로 돌아오는 기야! 그라이까 이기, 이기! 진짜 충무김밥 유래다 이기야!

독자 여러분의 판단에 맡기겠지만, 뱃사람들의 속내까지 잘

• 비빔당면과 충무김밥

• 국풍81

이해하고 이야기하는 것으로 보아 길남 씨는 후자의 의견이 좀 더 타당한 것이 아닌가? 하고 고개를 갸우뚱 해보는 것이다.

유래야 어찌했건 간에 충무김밥을 맛보기로 하자. 일단 무미(無味)의 김밥을 입에 넣으면 양념 그득한 반찬을 찾게 된다. 이때 빨간 양념의 오징어무침과 빨간 양념의 오뎅을 씹으면 짭짤

하니 좋은데, 무언가 텁텁하고 찐득하단 말이지! 그때 뭉툭한 섞박지를 이쑤시개로 꽂아 아사삭 씹어주면… 입안에서는 맛의 폭죽이 파바박 퍽퍽 터져 나온다는 말씀.

아, 침 넘어가….

비빔당면

부녀가 충무김밥에 빠져 있던 사이, 아내 빽업 양은 비빔당면을 받아 들고 있었다는 사실! 길남 씨도 얼른 한 젓가락 하는데, 미끈한 당면과 야채, 단무지, 그리고 단짠단짠한 양념 국물이 조화를 이룬다. 그런데 비빔당면을 처음 만나는 분들은 당면을 머금은 순간 이런 생각을 할 수도….

"어라? 따뜻하잖아, 이거?"

그렇다. 부산의 비빔당면은 따뜻하다는 특징이 있다. 다른 지역에도 비빔당면이 있지만 완벽하게 비빔면의 일종으로 차갑게 먹는 것이 보통이다. 하지만 부산 먹자골목의 비빔당면은 국물이 조금 자작하고, 뜨뜻한 특징이 있다.

"오빠, 엄마가 비빔당면 하면 자다가도 일어나잖아."

길남 씨는 장모님의 비빔당면 추억을 이곳에 옮겨보려 한다.

"내사 마, 처녀 때 저기 진시장 근처 공장에 안 댕깄나? 그때 야간 근무 들어가믄, 식사 때 말고 참 먹는 시간 비슷하이 쪼금 시간을 줬다 아이가. 그라믄 진시장 골목 거기로 쫓아 안 가나?

그래가 비빔당면 하나 말아갖고 뜨뜻하이 묵고 오면, 나는 마, 딴 거 필요 없고 그기, 그기, 그리 좋던 기라."

그랬다. 너무 뜨겁지도 너무 퍽퍽하지도 않은 부산만의 비빔당면은 적당히 따뜻했고, 적당히 술술 넘어갔고, 적당히 배를 채우기 좋은 길거리 패스트푸드였다.

떡오뎅 또는 물떡

소설가 길남 씨 일행은 남포동 먹자골목을 드디어 벗어났다. 그러자 50년 전통 새우튀김 우동의 명가 '종각집'이 나타난다. 50년 세월이 말해주듯 종각집은 수많은 부산사람에게 추억의 장소이다. 길남 씨의 대학 동기 혁 군은 어머니를 일찍 여의었다. 그런 그에게 몇 안 되는 어머니의 추억이 종각집인 모양이다.

• 종각집 새우튀김우동

"종각집 새우튀김 우동에 새우가 데빠이 크다 아이가? 그런데 내는 그 새우가 항상 두 개인 줄 알았다. 어릴 때는 엄마가 자기 꺼를 내한테 준 줄도 모르고 먹었던 기라. 지금도 남포동 오면 종각집에 꼭 가는데…. 새우가 하나라서 맘이 항상 그렇다….”

엄마 얘기는 항상 눈물이 난다. 길남 씨도 이 얘기를 듣고는 뜬금없이 눈물이 핑 돌아 혼났었다. 이 자리를 빌려 장가도 안가고 맨날 다치쌓는 혁 군의 건강과 만수무강을 진심으로 기원해 본다.

이제 소설가는 각종 스포츠 메이커 의류를 반값, 아니 흥정만 잘하면 그보다 더 싸게 살 수 있는 부산은행 후문의 패션거리(?)를 지난다. 그러자 벌써부터 고소한 찌짐 냄새가 흘러온다.

“배가 쫌 부른데 이 냄새만 맡으면 발걸음이 안 떼진다 아이가?”

남포동 얘기만 나오면 손가락에 꼽는 포장마차 분식 골목이 펼쳐진다. 김밥, 떡볶이, 순대, 오뎅 등등 메뉴가 많지만, 이곳의 명물은 뭐니 뭐니 해도 ‘야채찌짐’과 ‘오징어무침’이다. 오늘의 마지막 메뉴는 아마도 저 둘의 콤비로 장식되지 싶다. 하지만 그곳에 닿기까지 아직도 들러야 할 관문이 많다.

그 첫 번째가 바로 떡오뎅, 다른 이름은 요즘 핫템으로 불린다는 ‘물떡’이다. 이곳 남포동은 10여 년 전 <1박 2일>의 이승기가 다녀간 여파가 아직도 상당히 남아있다. 그 대표적 가게가 이 국제시장 먹자골목 중간에 위치한 ‘40년 전통 00 김밥세상’이다. 먹음직한 오뎅과 떡볶이, 단배추(얼갈이)가 들어간 김밥이 전

시되듯 펼쳐진 것이 이 집의 특징이다. 하지만 그보다 더 큰 특징은 악명높은 가격일 것이다. 요즘엔 꼬치 어묵 하나에 1,500원, 2,000원을 호가한다는 소식. 이곳이 유명해진 이유는 이승기가 방송으로 들렀다는 것을 비롯해 여러 가지가 있지만, 전국에 물떡이 거의 최초로 소개된 집이라 할 수 있겠다.

• 물떡, 아니 떡오뎅 먹는 어린이 참참 양

부산사람에게는 너무나도 당연한 물떡이지만, 외지 사람들이 보기엔 "뭐 저런 떡이 다 있지?", "떡을 왜 국물에 넣지?"라는 반응을 불러왔다. 그랬거나 말거나 이제 물떡의 인기는 전국구가 되었다. 길남 씨의 딸 참참 양은 물떡을 나무젓가락에 꿰어, 들고 다니며 먹는 걸 즐긴다. 따뜻한 물떡을 한 입 베면 쭈욱 늘어나는 것이 치즈를 먹는 느낌이라나 뭐라나? 길남 씨는 엉뚱한 맛 표현에 코웃음을 쳤지만, 이게 웬걸? 전국의 인기스타가 된 물떡의 가장 큰 포인트가 바로 저 치즈처럼 늘어나는 식감이란 걸….

국제시장의 단팥죽 · 팥빙수 골목

물떡의 성지에서 부평깡통시장 방면으로 빠지는 골목을 살피면 ‘어라? 여긴 또 뭐지?’라는 반응을 불러오는 골목이 있다. 이름하여 단팥죽·팥빙수 골목이다. 특이하게 이곳 골목의 리어카들은 하나같이 단팥죽과 팥빙수를 판매한다.

팥빙수 5천 원, 단팥죽 4천 원의 가격대이다. 말 그대로 여름에는 팥빙수, 겨울에는 단팥죽이 주로 팔린다. 영화 <장화홍련>과 <놈놈놈>으로 알려진 김지운 감독이 지치거나 맘이 흐트러졌을 때 부산에 와서 꼭 한 그릇 하고 만다던, 바로 그 골목의 팥죽이다. 김이 무럭무럭 흘러나오는 진자주색 팥죽 위로 회 썰듯 듬성듬성 썰어 올려주는 인절미! 쫄깃과 고소가 앙상블을 이루는 이 맛을 한 번 보면 이 골목을 다시 찾을 수밖에 없다는 전설이 있다.

작년 여름에 맛본 팥빙수의 맛도 잊을 수 없다. 전통의 푸른 팥빙수 기계(전자동이 아닌 전수동)에 갈려 나온 눈꽃 얼음 속에 숨겨진 수제 단팥, 그리고 연유와 후르츠…. 거기에다 이어지는 ‘더 주까’ 서비스!

아지매의 훈훈한 인심이 팥빙수의 맛을 더 업그레이드 시킨다.

“팥 모자라네, 더 넣어 주까?”

“얼음 더 주까? 연유 모자라면 더 넣어주고.”

• 남포동 팥빙수 팥죽 거리

"부산 길거리 음식은 한 가지 재료로 승부하지 않는다.
자꾸 뭘 섞어!"

아무리 뜨거운 여름 땡볕이라도 이곳 팥빙수를 먹다 보면, 그 시원함에 뒷골이 띠잉! 하고 땡길 수밖에 없다.

야채찌짐·오징어무침

자, 이제 오늘의 길거리 맛 탐방을 마무리할 때가 다가왔다. 지금부터 소개할 찌짐·오징어무침은 지금까지의 다른 메뉴와는 다르게 저 옛날 태권브이 '영희, 철수 크로스!' 하듯이 조합의 미학을 이루어 내는… 부산만의 맛이라 할 수 있다.

1번 초장 베이스의 새콤한 양념.

2번 아삭 양배추, 무채, 상추 등의 채소.

3번 뜨거운 물에 데친 쫄깃 오징어.

1, 2, 3번이 앙상블을 이루는 오징어무침은 부산의 흔한 음식이긴 하나, 가만히 생각해 보면 일반 식당에서도 단품으로는 썩 큰 인기를 얻지 못하는 메뉴이다. 이때 오징어무침과 결연히 손을 잡은 난세의 영웅이 있었으니 그분이 바로 찌짐이시다!

찌짐…. 이 사투리는 어떤 재료든 반죽을 만들어 기름에 굽기만 하면 본래의 이름 대신 달라붙을 수 있는 요상한 단어이다. 찌지미, 지짐 등으로 활용되기도 한다. 어쨌거나 저쨌거나 이 골목의 찌짐 재료로는 양배추와 당근, 부추(정구지), 약간의 상추 등이 들어가며 오징어도 간혹 씹히곤 한다. 찌짐은 주문 후 5분 안에 구워지며 겉바촉촉(겉바삭 속은 촉촉)의 원리가 가혹할 정도로 실현된다. 짭짤하고 고소한 찌짐은 간장을 찍어먹는 것이 국룰이지만, 이곳만큼은 오징어무침이 간장보다 우선권을 가진다.

두 가지의 조합은 여러 측면에서 놀라움을 자아낸다.

먼저 단짠의 조합이 실현되면서, 맛의 영역이 새콤, 고소로까지 퍼져가는 놀라운 확장성은 미슐랭 별표 다섯 개가 아깝지 않다. 여기서 그치지 않고 두 조합은 익은 채소의 부드러움과 아삭한 생채소의 식감을 함께 실현하며 바삭 촉촉 쫄깃의 식감을 모두 놓치지 않는다. 그리고 여기에 더해 뜨끈한 어묵 국물은 서비스! 지금 원고를 쓰면서도 침이 꿀꺽 삼켜지는 이곳의 명물 메뉴도 벌써 30~40년을 훌쩍 넘긴 듯하다. 전통이란 그런 것이다. 우리 곁에 오래오래 익숙하게 머물다가 세월이 지나면 어느새 전통이란 이름으로 바뀌어 있는 것. 소설가는 친숙한 부산의 멋과 맛이 오래도록 우리 곁에 남았으면… 하고 조용히 고개를 끄덕인다.

• 오징어무침과 찌짐

섞고 섞어 다채로운

소설가 길남 씨는 부산만의 길거리 음식을 생생히 전달하기 위해 세 번이나 남포동 골목 먹탐방을 시도해보았다. 그 결과는 대만족이다. 그는 먹거리를 접하면서 한 가지 묘한 공통점을 느낀다. 이곳 부산 길거리 음식은 한 가지 재료로 승부하지 않는다는 것. 자꾸 뭘 섞어!

그랬다. 부산 길거리 음식의 특징은 바로 이 조합의 묘미에 있는 것이다. 길남 씨는 문득 '다채롭다', '국제적인', '연결되다'로 이어지는 부산만의 키워드를 떠올려본다.

대한제국 말기와 일제강점기의 노동자 진출, 그리고 해방 후 해외동포 귀환의 시절, 그리고 한국전쟁 피란민의 유입 등 부산이란 도시는 수많은 사람을 품고 보내기를 반복했다. 대한민국 어느 도시보다 '오고 가고'의 변화가 극심했던 도시 부산….

하지만 부산은 타지의 사람을 배척하지 않고 오히려 품으며 성장해갔다.

고소한 찌짐에 새콤한 오징어무침을 용감하게 크로스 시키고, 다른 지역의 이름이 붙은 충무김밥을 자기 동네 음식 마냥 수십 년간 전통을 지키며 장사하고,
서양의 버터를 녹여 중국식 반죽을 넣고는 수입한 흑설탕과 한국의 씨앗을 집어넣어…, 오랑캐 호(胡) 호떡이라 부르고,
넘쳐나는 생선으로 만든 오뎅으로 끓인 감칠맛의 시원한 국

• 남포동 물떡과 어묵, 곤약

물에 곤약, 삶은 계란, 가래떡까지 모조리 집어넣고 보는!

부산의 길거리 음식은 그렇게 다양한 문화가 녹아들어 누구나 즐기는 맛으로 변천해갔다.

자, 이제 광복동과 남포동의 길거리 음식 이야기도 마무리할 때가 다가왔다. 그런데… 소설가 길남 씨는 아직도 배가 고프다. 부근의 낙지볶음 개미집도 생각나고, 추억의 순두부집 돌고래도 생각나고, 뜨끈한 국물의 18번 완당집도 생각나고, 냉채족발의 고향 족발 거리도 떠오른다. 아아, 그러고 보니 아직 우리는 부평깡통시장에는 가지도 않았잖아? 그곳 또한 온갖 음식들이 펼쳐진 맛의 파티장 아닌가? 특히 야시장은 그냥 길거리 음식의 끝판왕이지!

소설가는 딸 참참 양의 손을 잡고 골목을 어슬렁어슬렁 걷기 시작한다. 문득 참참 양의 걸음이 멈추더니 길남 씨의 손을 꽉 잡고 놓지를 않는다. 아무리 당겨도 요지부동. 참참 양의 시선을 따라가니 터키, 아니 튀르키예 아저씨가 철판 아이스크림을 열심히 돌돌 말고 있다.

으윽, 이번엔 아이스크림인가?

이놈의 길거리 음식은 양파 까듯 계속 튀어나오는 부산 이야기처럼 끝이 없구나….

그냥 마, 콱 마…, 고마 쌔리마! 부산.

세상 모든 것에 감탄하는
지혜로운 사람들의 공간
호밀밭

마마마, 부산

초판 1쇄 2024년 11월 11일

지은이 배길남
펴낸이 장현정
편집 정진리
디자인 김희연
마케팅 최문섭

펴낸곳 호밀밭
등록 2008년 11월 12일(제338-2008-6호)
주소 부산광역시 수영구 연수로 357번길 17-8
전화 051-751-8001
팩스 0505-510-4675
홈페이지 homilbooks.com
전자우편 homilbooks@naver.com

ISBN 979-11-6826-197-6 (03810)

※ 본 사업은 2024년 부산광역시, 부산문화재단 〈부산문화예술지원사업〉으로
지원을 받았습니다.

부산광역시 BUSAN METROPOLITAN CITY 부산문화재단 BUSAN CULTURAL FOUNDATION